Y hace muchos más que te olvidas de mí

Fernando M Blasco

novela

Polisemia

Y hace muchos más que te olvidas de mí

Polisemia Ediciones
Primera edición 2014
Segunda edición 2018
© del autor Fernando M Blasco Martínez
© de la edición Polisemia Ediciones, J. Karp
Fotografía de portada : cuadro de la serie Elements, by Karp
Diseño de portada : pax
I.S.B.N - 13: 978-8461703715
I.S.B.N - 10: 8461703715

Este libro está dedicado a todas las personas que dejan con coraje el lugar donde nacieron para buscar una vida.

Uno

Ha dejado de llover hace apenas unos minutos, y el tránsito por el puente ya vuelve a ser copioso. Casi siempre es copioso al gusto de Ana, que prefiere la lluvia a la gente, pero que igual se había metido en un bar a pedir una cerveza cuando cayeron las primeras gotas, y su ojo experimentado le dijo que serían unos quince minutos, veinte a lo sumo, hasta la siguiente tregua. Esta mañana salió de su piso temprano y con un propósito que estaba dispuesta a cumplir, incluso bajo la lluvia; pero si podía evitarla, lo prefería. El frío ya campeaba por las calles sin disimulo, y si se mojara ahora bastaría una brisa leve para que el otoño comenzara en cama, con fiebre. Solo si fuera imprescindible.

Su paso es decidido y resuena en las tablas de madera, como un ritmo que se marca a sí misma, y a su decisión. A pocos metros del centro exacto mete la mano aun sin guantes en la cartera que le cuelga del hombro derecho, al final de una larga correa de cuero lila, el mismo material en el que revuelve a ciegas, busca el tintineo y por fin lo encuentra, y saca una pequeña llave que sostiene entre el índice y el pulgar, y luego deja caer sobre la palma de la mano. Ahora su expresión se torna grave, unas arrugas apenas perceptibles se le forman en el ceño, mientras se acerca al borde del puente sobre el río, que tiene un color especialmente verde.

Apoya las manos sobre el hierro negro de la baranda y no mira el agua. Sus ojos buscan con urgencia sobre el metal negro que la separa del río abajo, otro metal con su nombre. No consigue encontrarlo enseguida, antes tiene que pasar por ciudades, corazones, nombres desconocidos en lenguas que le resultan extrañas, fechas, promesas. Por fin lo ve, Ana, su nombre de tres letras debajo de otro nombre, que conoce pero que evita leer. Le sobra con adivinarlo, con no poder borrarlo.

- Siempre arriba, el forro, siempre primero.

No puede borrarlo pero sí quitarlo, y la mano decidida introduce la llave en la ranura y abre el candado con los dos nombres, una fecha de hace dos veranos y ningún significado.

No es un ritual de liberación lo que busca, solo quitar el candado y que no haya más testimonios de su error. Se alza con el candado oculto en el puño y tiene que reprimir el movimiento de tirarlo al agua, porque justo en ese momento aparece bajo el puente la proa de un bateau mouche que se abre paso sobre el verde y deja una estela que pronto pisarán otros barcos.

- Malditos turistas –rezonga Ana.

Medio minuto más tarde, mira la estela de popa espumosa y movediza bajo sus pies, y ya no arroja el candado con su nombre bajo otro, apenas lo deja caer con un gesto de displicencia, de tenía que suceder, de es imposible. Tampoco se queda a mirar cómo el agua se traga el metal, ni cómo la estela del barco y la de la caída del candado se van quedando con el tiempo en nada, en río que corre con ritmo cansino, en agua mansa, luego revuelta por un nuevo barco que pasa.

Dos

La lluvia siempre regresa, y regresó. Unos minutos después de dejar el Pont des Arts, Ana apuró el paso sobre las baldosas de la rue Rivoli mientras calculaba si se mojaría más de lo tolerable si seguía a este ritmo; la boca del metro estaba a unos noventa pasos y no vio ningún bar en el camino. Podría haber aguantado un minuto más, pensó luego de decidir llegar al metro y apurar el paso un poco más, apenas, lo que los tacones bajos le permitieran.

Bajó las escaleras sumida en la multitud, llevada por la marea humana que pretendía viajar o guarecerse de la lluvia más que por sus pies, que por un momento dejaron el contacto con el suelo. Una vez en la entrada se apartó de la corriente, contra la pared a observar, y esperar el momento de pasar el control y bajar. Las oleadas de gente que salía hacia la calle se sucedían a latidos presurosos y más o menos regulares; las que entraban conservaban un ritmo permanente, con breves picos y llanos. Uno de ellos aprovechó para llegar hasta el andén.

- Malditos turistas.

Eran pocos los que iban más allá de Réaumur-Sébastopol, de manera que en el coche quedaron los que transitaban la mañana, que pronto sería mediodía y todos llevarían un destino de mesa puesta o por poner. Ella había sentido la cercanía de la hora de comer al pasar por Etienne Marcel, bajaría en Simplon y pasaría a improvisar por el Franprix antes de ir a casa. Algo sencillo, que no le diera sueño después, porque tenía la tarde ocupada.

Subió la escalera hasta el segundo piso con una caja de cuscús, una lata de atún y una botella de orangina en una bolsa de plástico, anticipando el crujido de los escalones menos firmes y el sabor de la sémola en su boca. Tantos años los mismos escalones, el mismo olor a humedad ácida al entrar desde la calle, que se desvanecía en el segundo tramo de la escalera, la misma cochambre de las paredes, que parecían haberse quedado desde los tiempos de Diderot, cada vez más agitación al abrir la puerta. Esto último lo notaba solo en los días complicados, cuando el trabajo había sido demasiado duro, o cuando la llamaban desde Buenos Aires, o cuando se liberaba de un candado caduco, que no dejaba de situarla en un fugaz lugar de fracaso. Los días perdidos con un imbécil era un de las cosas que más rápidamente la desequilibraban, aun cuando ya no sucedían. La ropa ya casi estaba completamente seca.

Se miró brevemente en el espejo del comedor antes de salir. Se había dejado vencer por la modorra de la digestión sentada en el sillón delante del televisor que repetía las noticias cada media hora, y el sueño se le había quedado dibujado en la cara, alrededor de los ojos, en la boca, en la mirada. Con esa carga bajó los escalones de madera, un piso y luego otro, hasta la calle. No le provocaban las mismas reflexiones la escalera, según la dirección en que la recorría. Si el descenso era ligero y raudo hacia la consecución de los planes del día, el ascenso era farragoso, y estaba cargado de horas y discusiones y regreso y restos. Casi cada vez que subía pensaba en el tiempo que llevaba en el piso, en el HLM que había rechazado por la débil razón de estar en una zona particular de Montreuil, menuda pretensión, en la situación del mercado inmobiliario Parísino, en comprarse algo más grande, algo más bajo, algo más ascensor. No era ese año ni el siguiente cuando necesitaría descansar las piernas, ni probablemente la siguiente década, pero el tiempo hacia atrás se le hacía demasiado y eso suele acortar la percepción del tiempo hacia adelante. En algún momento, que no era ese, tendría que tomar una decisión, pero en algún momento tendría que llegar el momento. Por lo menos para sentir que la vida seguía siendo hacia adelante, como cuando dio los pasos que la habían llevado a París, tan lejos de la calle Bacacay, de la vida a veces tranquila de Flores.

Pero esos pensamientos eran los de subida, los de bajada eran tan livianos que ya habían transcurrido y ni siquiera se quedaron flotando en el palier cuando Ana ya bajaba las escaleras del metro de Porte de Clignancourt.

Tres

Recién encontró los documentos cuando miró en el lugar menos inesperado. Ya había buscado en los absurdos, en los imposibles y en los impensados, al cabo de quince minutos decidió por las dudas mirar en el portafolios de cuero marrón, en el bolsillo con cierre. Ahí estaba su foto de hombre cansado mirando desde el DNI, los anteojos y el cabello gris, no en el bolsillo del pantalón ni detrás del aceite y el vinagre, después de la reunión con los del banco habían quedado en el portafolios, junto al sobre que había retirado dos semanas antes del laboratorio y al recibo del último taxi, que había tomado unos diez días antes. Quince minutos de búsqueda que no eran minutos cualesquiera, sino los que se sumaban a su propio retraso, hasta cuándo te van a pasar estas cosas, Mario, y garantizaban que llegaría tarde. La Gare de Lyon estaba a unos treinta minutos y la hora de llegada del tren a doce, exactamente.

La formación del RER apareció en la estación de Vincennes al mismo tiempo que Mario llagaba al andén, y lo tomó como una señal promisoria. Se sentó en uno de los traspontines y se dejó llevar. Había visto a Matías en su último viaje a Buenos Aires, hacia ya cinco años. Seis años, y medio, el mes siguiente haría siete; el tiempo iba perdiendo rigidez a su edad. Siete años sin ir a Buenos Aires. Sin ir pensó, antes pensaba sin volver. El matiz no era ocioso ni era idiota. Si sumaba los años que llevaba viviendo fuera de Buenos Aires, entre Chicago, Alger y las últimas tres décadas generosas de París, no había forma de regresar a equilibrar el tiempo de dentro y el de fuera. Sin embargo, Buenos Aires seguía siendo su medida de todas las cosas, su referencia para situarse, aunque hiciera casi siete años que no iba, aunque hiciera diez o doce que no volvía. O quince.

Le pareció cambiada. Más grande, más ruidosa, más habitada, la modernidad la había vulgarizado a sus ojos de pronto. También hacía años que no pasaba por la estación, la vida estable y las visitas que se habían extinguido. La llegada de Matías era una renovación de una antigua costumbre, y no le provocaba tanta pereza como ilusión. Cuando lo vio en su viaje a Buenos Aires, era un chico de pelo rubio despeinado, que intentaba digerir su crecimiento en longitud y en deseos, que balbuceaba tonterías escuchadas en la tele o en boca de sus compañeros, que las habían escuchado a su vez en la tele. Apenas había podido intercambiar cuatro frases con el chico, y enseguida lo dio por perdido. Quería dedicarse a la veterinaria, y aporreaba la guitarra de mala manera, por lo que había podido escuchar a través de la puerta cerrada de su habitación, pero por suerte nunca accedió al ruego de su madre de demostrar sus habilidades musicales en honor al visitante europeo. Que era él.

La madre de Matías se llamaba Paula y era un ser cercano a un ángel, o de ese modo era la mirada que conservaba Mario. Amor fugaz de su juventud, había querido mantener el contacto a través de los años y sobre todo las aguas; si mientras vivió en la capital de la Argentina apenas buscó el contacto con ella, cuando comenzó su vida del afuera buscó el acercamiento con una correspondencia copiosa al principio, más regular luego, siempre cercana, considerada y tierna, sin el incómodo ingrediente del deseo distante. Habían sido mutuas presencias en sus vidas, ella como un espacio de intimidad en las sucesivas y generalmente complejas relaciones de él –todas marcadas por su argentinidad-, él en la vida de grupos de amigos de ella primero, luego del breve matrimonio, luego de familia con la llegada de sus hijos, las mellizas primero, luego Matías. Todos los viajes reservaba una tarde para la familia de Paula, y de cada uno regresaba con una foto de su crecimiento: la pareja, al principio reticente, el primer embarazo, Victoria en sus brazos, Victoria y Elsita renovando la lengua de los argentinos, Matías de un año y medio, los uniformes de las escuelas. El desarrollo esperado que sucedía por imágenes detenidas ante sus ojos de Aerolíneas Argentinas, y que resaltaban cada vez más la quietud de su propia vida.

El contraste de su inmovilidad esperaba sentado en uno de los bancos de la estación, junto a las escaleras que descienden al metro, flanqueado por una valija mediana y una mochila enorme. Era casi una persona diferente a la que recordaba, y a la que había proyectado; la pérdida del infierno de la adolescencia lo había transformado en un hombre fuerte, con el pelo tímidamente largo, pero no le había liberado todavía de cierto aire bobalicón o cansado en la mirada.

- Matías.

Mario pronunció el nombre desde unos tres metros de distancia, sin la certeza de que fuera el hijo de Paula el que esperaba sentado con la mirada perdida en la perspectiva de vías. El chico demoró un par de segundos en distinguir su nombre en el acento diluido por los años, cuando se giró, también se encontró con la figura de un hombre mayor de lo que esperaba.

- ¿Usted es Mario?

- De vos, Matías, de vos, ¿o te olvidaste de las veces que nos vimos en casa de tu mamá?

Matías rectificó el tono, y saludó con un apretón de manos, que Mario transformó un instante después en un abrazo desigual.

En el camino hacia el departamento, Mario quiso saber cómo había dejado su ciudad, su vida porteña, su madre, sus cosas; Matías respondía al entusiasmo de Mario con frases breves que no cubrían sus expectativas, hasta que el hombre supuso que el cansancio del viaje en tren lo volvía poco hablador, y dejó de preguntar por un rato.

- ¿De dónde venís? –volvió a preguntar cuando el silencio se le hizo ilógico.

- De Berna –respondió Matías, que parecía un poco más interesado en hablar de su viaje que de su país- estuve cinco días en casa de un amigo. Antes pasé por Madrid, Barcelona, Roma y Génova.

- Todos deberían hacer un viaje fuera del país –propuso Mario-, como confirmación de los estudios.

- Puede ser.

- ¿Y luego?

- Bueno, ahora dos semanas en París, y después Bruselas, Colonia y Varsovia. Después veremos.

- ¿Y todo eso con este equipaje? –preguntó el hombre, sin aclarar si por considerarlo mucho o poco.

- Me las arreglo.

Matías miraba con curiosidad las construcciones y las calles que recorrieron desde la estación de Vincennes hasta la casa de Mario, cerca del bosque. No eran las expectativas que traía de la ciudad, vivir en los alrededores, pero el presupuesto de su viaje debía ser estrictamente custodiado, y Mario se esforzaba por ser simpático. Y las recomendaciones de mamá, que comenzaron en cuanto supo que su Matu se iba a dar una vuelta por Europa y no terminaron hasta el pie del control de pasaportes del aeropuerto de Ezeiza. Y seguramente continuaría cuando llamara para avisar que había llegado bien.

El edificio estaba a unas siete cuadras de la estación; era un edificio antiguo, de fachada reformada mucho tiempo atrás, y con un recuerdo de antiguos laureles sociales, ya marchitos y a punto de olvidarse. Al abrir la puerta, un chirrido de óxido los recibió, junto con un aroma de humedad rancia que penetraba en las narices como una aguja de vinagre.

- Qué aroma a gravedad –dijo Matías, un instante después de haber pensado qué olor a mierda.

Mario se giró y lo miró con atención durante un momento.

- ¡Lo que me faltaba –exclamó-, otro escritor!

Entonces fue Matías quien miró desconfiado, mientras Mario pasaba al frente para guiar la subida por los escalones de madera. A mitad del primer tramo, se animó:

- ¿Cómo sabés? ¿Te contó mi vieja?

- No, querido – respondió Mario-, llega un momento en que la posibilidad de sorpresas se reducen hasta el mínimo. Tu vieja te guarda el secreto – agregó mientras abría la puerta.

- ¿Por qué otro? –quiso saber Matías con una curiosidad nueva.

- Bueno –se sinceró Mario-, confieso que he pecado.

Cuatro

Pensó que era la ciudad más sensible a las estaciones que conocía. Pensó también que debía comprar un nuevo edredón antes de que llegara el frío de verdad. Pensó que mañana sería un buen día para almorzar pasta. Pensó también que hay que dejar de lado el miedo. Algo tan simple que le costaba tanto. Y que debía acercarse más, la gente estaba ahí, y seguramente tuvieran las mismas dudas que ella, los mismos temores, la misma decisión de dejarlos de lado. Y también les costaría una enormidad. Sin ir más lejos, había ejercido, o mejor, estaba ejerciendo, en ese mismo instante en el que la línea 4 pasaba por debajo del río, un coraje impensable en ella, una decisión que mantendría aunque su tentación fuera bajar en Saint Michel, pasear un rato y regresar hacia el norte, y la mantendría hasta el final. Aunque llegara tarde, aunque fuera más caro de lo que podía permitirse, aunque se entendía libre de dar la vuelta y regresar hasta tanto no tocara el timbre, no subiera la escalera, no comenzara la clase. La lista de excusas para desistir se agolpaban en su cabeza, y a cada minuto que dejaba de faltar para la cita acudían y pesaban en su ánimo, es muy justo el tiempo, es muy caro el capricho, es muy caprichoso el sueño, a mi edad, qué pensaran.

Al pasar por Mouton-Duvernet flaqueó el espíritu hasta el impulso de las piernas un instante después de que comenzara a sonar el pitido del cierre de puertas, que se cerraron a medio metro de su deserción. Ese cálculo fallido habría de traer sus consecuencias, como cada uno de nuestros actos. Ya no tendría

Ana que soportar otra debilidad hasta el portal del edificio de Ernesto.

El circuito cerrado de la barba cubriendo el mentón y el bigote era lo primero que se distinguía cuando abría la puerta. El profesor la recibió con una mueca parecida a una sonrisa, el pelo escaso y largo hasta los hombros y un chaleco de lana con motivos andinos. Llevaba más de treinta años en París, después de haber pasado por Checoslovaquia y Suecia, las primeras escalas del exilio al que lo había expulsado la dictadura de Pinochet. Luego había aparecido París, otro París, otra década, otra hospitalidad con los expatriados de las sucesivas dictaduras América Latina. Profesor de canto fue una profesión casual, que ejercía a veces, cuando algún amigo le mandaba un recomendado. Ernesto era actor. Con los años había logrado construir un pequeño circuito de lugares donde actuaba, generalmente por propia iniciativa, que le permitía vivir sin demasiados apuros ni holguras. Con clases de canto o de actuación completaba los meses más flojos, o quién sabe si alimentaba su tiempo de retiro.

Ana llegó al apartamento de Ernesto por haber tomado la decisión de darle la oportunidad a su sueño, por poco superados los cuarenta, con algún antecedente que la liberaban del capricho y toda una carga de prejuicios y temores abandonados en cualquier calle, cuando al iniciar el verano el calendario le dijo al oído que no se detendría. Cantar.

Desde que se recuerda, Ana se sentía en el aire cuando cantaba. Fue su primera victoria sobre la timidez, cuando los otros chicos acompañaban las canciones con la boca pequeña, ella le daba fuelle a su voz y sentía que llenaba toda el aula. Algunas veces lo había intentado, pero el temor le había puesto excusas en el camino, lo mismo que había hecho esa tarde durante el trayecto de metro, y nunca supo ir más allá. Esta vez lo deseaba con el apremio de los que saben que el reloj se cansa. Las clases de canto eran la piedra fundacional de su decisión.

Ernesto la recibió casi sin demostrar entusiasmo, y le indicó los ejercicios que iba a repetir, articulación primero, luego colocación de la voz. El sentimiento de ridículo fue tan evidente que sin decir nada el profesor se puso de espaldas a Ana.

Mientras ella andaba las escalas, Ernesto fue incursionando en su confianza, y si al principio le dio algunas instrucciones de espaldas, luego comenzó a girarse y a caminar, retomando la dinámica habitual de sus clases. Las correcciones siempre iban intercaladas con elogios, que al finalizar se incrementaron, como la comodidad de la alumna.

-   ¿Vienes el próximo lunes?
-   Voy a hacer lo posible.

Ernesto acompañó la salida de su nueva alumna con una mirada intencionada.

Cinco

Cada ciudad sucedía lo mismo. El mismo ritual necesario de sumisión a las fuerzas del amor materno, aunque ya llevara un mes fuera de casa, aunque estuviera camino de los veinticinco, aunque. Como si el riesgo de vivir en el mundo se acentuara con los desplazamientos, Paula imponía la amorosa exigencia de reportar la llegada a cada nueva ciudad, un breve relato del viaje, de las impresiones de la ciudad dejada y de los planes para la nueva, aunque luego cambiaran por lo cotidiano. Nunca se había atrevido a decepcionarla, mucho menos ahora, que llegaba a la ciudad marcada por el nombre del amigo emigrado, el del exilio turbio, el del cariño duradero. Mucho menos ahora que llegaba a París –a las afueras de París, pensó-, y que iba a pasar dos semanas en casa de Mario.

Por fortuna fue el anfitrión quien tuvo la iniciativa de llamar, luego de consultarlo y recibir el acuerdo del chico, y fue quien comenzó la conversación con tono risueño y optimista. Le contó al teléfono un par de novedades, soltó alguna galantería oxidada, alabó el crecimiento del huésped y luego le pasó la conversación. Matías la llevó como pudo, algo avergonzado porque la habitual rendición de cuentas fuera ahora delante de testigos, Berna lindo, el viaje bien, tranqui, el tren es rápido y se viaja bien, París no sé, todavía no la vi, Mario súper amable, má, tiene toda la onda, me tenía preparado un celular para que me maneje en París estos días, uno sencillo, pero es un detalle, vieja. Toda la onda.

Mario se había apartado, al percibir la incomodidad del chico, y preparó un poco de té en la cocina. Prolongó la preparación tanto como pudo, y solo apareció en el comedor cuando el segundo intento de despedida.

- ¡Un beso grande, Paula! – exclamó desde la mesa del comedor, para ayudar a Matías a terminar la conversación.

Al cortar, Matías suspiró como si hubiera superado una prueba trascendente. Mario le alcanzó una taza de té y una mano sobre el hombro.

- Ser madre es un oficio jodido, Matías, nunca se termina de sufrir. Tenele paciencia.

- Si, paciencia le tengo.

Iba a decir algo más, pero no lo hizo. Solo un momento más tarde, pero en otra dirección.

- ¿Tenés una compu?

Mario le indicó el mueble donde a veces trabajaba, últimamente menos de lo que le gustaría, en una habitación pequeña con ventana al bosque. Era un escritorio de roble, con ribetes de cobre, varios cajones pequeños y dos puertas centrales con cerradura, y una persiana para cerrarlo. Le pareció demasiado clásico, en comparación con el ordenador que sostenía. Se sentó con cierto reparo. El resto de la noche fue una repetición de ese minuto, Mario atento a lo que pudiera necesitar Matías, que no despegó los ojos de la pantalla durante horas, salvo para mirar el escritorio, que le despertaba la curiosidad, y solo la apagó cuando su anfitrión llevaba una hora y media de sueño. Antes de ir a dormir, se dejó vencer por la curiosidad. Abrió un par de cajones, donde había plumas, lápices, sacapuntas y cuadrados de cartón. Luego intentó abrir las puertas centrales, pero estaban cerradas. Cansado, se entregó a la cama. Un día nuevo vendría luego del suyo.

Seis

- Llegas temprano – le dice Joselu, el marido de la jefa, con una voz más ronca de lo habitual, y el gesto de haber estado a punto de lo flagrante.

Ana no quiere dar explicaciones pero enseguida se encuentra cercana. La excusa es débil, pero al hombre no le importa; no le cuesta ceder en su soledad y darle espacio y trabajo.

- Puedes preparar las mesas con más tranquilidad.

- Todavía no –responde Ana-, cuando sea mi hora. He venido a esta hora para ver a tu mujer, ¿está arriba?

- Ha salido –responde secamente Joselu, antes de meterse en la oficina.

El acento de castilla resecaba aun más la natural sequedad de sus maneras. Joselu era un hombre que vivía al cobijo de su mujer, y que nunca había dado un paso propio, ni se lo esperaba de él; ni siquiera cuando se dejó elegir por Pilar, la jefa del café La Ruelle, que contrastaba con su marido en casi todo, la iniciativa, el carácter, la gracia y la fuerza.

Ana se quedó sola en el salón del bar, con las patas de las sillas en alto sobre las mesas y la penumbra roja y una desconocida paz, a la que le quedaba poco menos de una hora. Caminó con paso lento y escuchó el sonido de la madera acompañando su avance. Por entre las mesas se acercó a la tarima del escenario, donde una batería, un contrabajo y el equipo de sonido montado fueron una invitación tenue y poderosa. Subió el trío de escalones hasta el escenario, y se colocó delante del micrófono central con andar estudiadamente sinuoso. Dio un golpecito en el micro para verificar que no estuviera encendido, y la falta de respuesta la animó.

- No existe un momento del día – comenzó a cantar, con estilo suave-, en que pueda olvidarme de ti; mmmhhh; el mundo parece distinto cuando no estás junto a mí.

Las sillas eran un auditorio perfecto y multiplicado, y hacia ellas dirigió su voz, luego de una pausa efectista.

- No hay bella melodía…

El vuelo fue interrumpido en el peor momento, apenas iniciado, por la aparición importuna de Joselu.

- ¿Qué haces?

- Nada, Joselu, nada –dice y se apresura a bajarse del escenario, casi avergonzada.

- Ha llegado Pilar, por si quieres verla, está en la oficina.

- Gracias, enseguida paso.

No supo por qué, pero el impulso fue el de comenzar a bajar las sillas de las mesas y dejarlas en el suelo. Así, antes de subir y hasta que el hombre salió del salón, adelantó parte del trabajo de sus compañeras y quitó diez sillas, dos mesas y media que no tendrían que preparar en horario de trabajo.

A las siete menos diez ya había llegado Damaris, una de sus compañeras, mexicana jovial y desenfadada que había comenzado a trabajar en La Ruelle poco menos de un año atrás y que siempre hacia planes de volver a México, como un destino irrenunciable. Ana salió de la oficina con un dibujo suave de sonrisa y los ojos felices, y se sentó en uno de los taburetes junto a la barra. Damaris la saludó desde el cuarto de las botellas.

- ¿Qué tienes, Anita?

- Voy a cantar —respondió Ana para sí misma.

La chica hizo un gesto de no haber escuchado, y se acercó al otro lado de la barra, jugando a atenderla.

- ¿Quieres tomar algo?

- Voy a cantar, Dami —dijo Ana-, ¿te das cuenta? ¡La jefa me dio el OK, y voy a actuar acá, en La Ruelle!

- ¿En serio, güey? —dijo Damaris, intentando sinceramente alegrarse, y agarró las manos de Ana con las suyas- ¡Felicidades, amiga! ¿Y cuándo comienzas?

- El mes que viene lo sabré, pero sería hacia la primavera —respondió Ana, volviendo a hablarse a sí misma-, tengo que buscar y confirmar los músicos, y harán falta por lo menos tres meses de ensayos. Lo mínimo. Tengo que llamar al tano.

La lista siguió creciendo en silencio en su pensamiento, mientras Damaris aprovechaba para soltar las manos y volver a preparar las botellas para la apertura. Ana permaneció todavía un rato entre los sueños y los planes, hasta que un ruido de botellas llamó su atención y la liberó del hechizo: su compañera le avisaba del regreso inminente de Joselu, cuyo peso ya hacía crujir la escalera.

De un salto Ana se plantó en medio del salón y antes de que el subjefe -que se demoró unos instantes en la oficina- entrara, ya había bajado casi todas las sillas. No pudo evitar el reto.

- ¡Que ya son las siete y diez, argentina! —gritó Joselu desde detrás de la barra- ¡Que ya deberíamos haber abierto el chiringuito! ¡Esto son pelas que se pierden!

- Gallego animal –dijo en voz baja Ana, mientras bajaba a ritmo más lento las últimas sillas-, andá a la miércoles.

Sin mirarlo acomodó al pasar los posavasos sobre la esquina de la barra y abrió la puerta con un gesto de modesto fastidio, inaugurando la tarde del La Ruelle.

- Oye, Anita –la llamó Damaris desde la barra-, ¿puedes ayudarme con esto? El sub no ha cambiado el barril y sola no puedo.

Mientras el hombre preparaba un manojo de servilletas de papel y las miraba de reojo, las dos mujeres empujaron y cambiaron el barril de la cerveza tirada. El primer cliente de la noche sería una pareja que había quedado con amigos, pero eso sería unos cuarenta minutos más tarde. Hasta entonces, esperar.

Siete

La costumbre que los años le habían ido imponiendo no le disgustaba, y hacia todo lo posible por aprovecharla. Era una constatación del paso de la vida el hecho cierto de que cada vez durmiera menos, abreviándosele sobre todo el sueño de las mañanas; era raro el día que comenzaba después de las cinco y media. Llevaba tanto tiempo con esos horarios que ya no concebía otra posibilidad. Se había ido organizando los inicios de los días de manera de aprovechar mejor el tiempo, sin el desagradable ingrediente de la prisa.

Comenzaba con un chorrito de leche en una taza de té negro y la lectura de los diarios en internet, aunque no todos estuvieran actualizados, primero los franceses: lemonde, lefigaro, liberation; luego los argentinos, lanacion, clarin, luego elpais y nytimes; pasaba la lectura por los titulares, y solo si alguno era especialmente interesante, se metía en la noticia. Luego bajaba a la *boulangerie* y compraba una baguette, integral, y al regresar tostaba unos cortes y se preparaba un café con el que enfrentaba la hora de pecado. A veces escribía opiniones sobre temas generales, otras sobre noticias que le habían interesado, otras, breves memorias que de vez en cuando regresaban a su pensamiento. Secretamente, esperaba completar algo parecido a una biografía, que ni siquiera había empezado. También algunos cuentos, a los que les costaba encontrar una forma definitiva. El tiempo en soledad, sin embargo, le había dado el caldo para terminar textos extensos, novelas, artículos de viaje y otros escritos que guardaba en algún lugar.

Esa mañana era diferente, por supuesto, pero no contaba con que su huésped diera señales de vela hasta media mañana, por lo menos. Sin embargo, cuando pasaba revista a las noticias de liberation escuchó unos ruidos de metal en la cocina. Se levantó y se acercó, con la casi certeza de que era Matías.

Matías se despertó apenas un poco; miró a su alrededor sin moverse y solo reconoció el lugar después de descartar otros tres. Se sentó en la cama, lentamente, descorrió las cortinas, llenó los pulmones con el aire de la habitación. Luego se levantó y se vistió, y antes de abrir la puerta y salir de su intimidad, acomodó la ropa en la valija, que había dejado sobre una silla de madera. La habitación no estaba mal. Un armario grande, una mesa, un sillón, librerías, un balcón. Y sobre todo una puerta. Lo necesario para una quincena cómoda.

En la estantería reconoció varios títulos de libros, algunos los había leído obligado, otros los había descubierto con naturalidad. Con el dedo índice sobre la parte superior del lomo separó Aráoz y la verdad, que había dejado a medias por su viaje, y lo comenzaba a hojear cuando volvió la mirada al hueco que había dejado la novela y vio el nombre de su anfitrión impreso sobre dos lomos: La responsabilidad de la literatura (cuentos) y Sexo y Azar (novela). Mario Bertini había hecho algo más que pecar, como había dicho el primer día, había publicado al menos dos libros.

Con una mezcla de envidia y admiración, Matías postergó por un rato la novela de Sacheri sobre la cama, y curioseó las ediciones de Mario. Tapa blanda, edición sencilla, pero el tipo había publicado dos libros. Un respeto.

Solo los miró un momento, el cuerpo ya le pedía desayunar. Al primer sonido en la cocina, entró Mario.

- Buen día – saludó con tono alegre.

- Buen día, Mario.

La voz del chico era ronca y turbia de sueño. Buscaba algo en el secador de platos.

- ¿Tan temprano te levantás?

- Me desperté y ya no tengo sueño.

- Contra las apariencias. ¿Tomás unos mates?

El mate era una costumbre que Mario había ido dejando de lado paulatinamente, motivado por los ritmos de la vida Parísina, porque no le gustaba tomar solo y por la frecuente disconformidad de sus tripas. Pero frente al hijo de su amiga, no pudo resistir un impulso de confirmar su oxidada argentinidad a los ojos nativos, auténticos. Asumió el riesgo, encomendándose a los dioses del intestino delgado.

- No, gracias. No me gusta el mate.

- Ah, bueno, si querés hacemos café. Todavía es temprano para comprar algo.

- No importa, café está bien. Pero si me decís donde están las cosas lo hago yo.

- Esta mañana lo hago yo, después somos independientes. Andá a mirar la computadora si querés, que enseguida te aviso.

Cuando cinco minutos más tarde el departamento olía a café nuevo, Matías regresó a la cocina. Sobre la mesa había también unas rodajas de pan tostado, mermelada, manteca y cuatro naranjas. Los dos se sentaron a desayunar en silencio, hasta que Mario quiso provocar una conversación.

- ¿Ya tenés planes para estos días?

- Tengo encargos —dijo Matías-, sobre todo encargos. Y quiero ver algunas de las imágenes de París que me inculcaron, pero sobre todo quiero conocer la ciudad de los parisinos.

- ¿Hablás francés?

- Yes —respondió el chico-; bueno, en realidad, muy poco.

- Bueno, supongo que te las vas a arreglar igual. Decime si te puedo ayudar.

- Ok, te digo.

Masticaba la tostada con desesperación de fin de ciclo, como si participara de una contrarreloj biológica o estuviera a punto de comenzar su turno en un barco. Inmerso en su silencio alimenticio daba la impresión de que no volvería a pronunciar una palabra durante lo que quedaba de la mañana, y sin embargo.

- ¿Vos me recomendás algún lugar en particular de París? —preguntó, y enseguida regresó a su afán.

Mario se alegró de que el chico tuviera una iniciativa, cuando comenzaba a sospechar que los quince días de convivencia que comenzaban serian un páramo de palabras.

- A mí me gusta el Bois de Vincennes, siempre tiene un lugar tranquilo, pero supongo que buscás otro tipo de sitio. Seguramente llevo demasiados años acá como para recordar los ojos de descubrir esta ciudad. Quince días tienen que alcanzarte, y lo mejor tal vez sería hacer lo que decís, ir buscando los lugares de los que traés una memoria previa. Pero ojo, tené en cuenta que los lugares no conocen tu fantasía.

Un rato más tarde Matías salía hacia la estación del RER, con una botella de agua, un plano que le había preparado Mario, un ejemplar traqueteado de Los lanzallamas, una novela de Roberto Arlt y su cuaderno de notas de viaje. Lo más difícil había sido improvisar una excusa que conservara la amabilidad cuando Mario había insinuado primero y luego propuesto acompañarlo en su primer paseo por París. Es muy grande la ciudad, es fácil que te pierdas, es tu primer contacto fueron los argumentos que había esgrimido, y los reflejos del chico inventaron un encuentro con alguien, una amiga, que conocí por internet, no sé bien como es, voy a ver qué pasa. Y cuando Mario le preguntó donde vivía, un nombre que Paula solía mencionar en sus paseos en plano por la ciudad, y que no tenía idea de donde podría encontrarlo.

- Pigalle.

Las escaleras lo condujeron a un paisaje especial, desde el marco modernista de la entrada hasta la avenida con un paseo en el medio y el barrio que trepaba el monte, a uno de los lados. Se detuvo un instante a mirar en derredor. Era una imagen nueva a los ojos de Matías, que venía a completar la palabra que tantas veces había oído de boca de mamá. Seguramente no estaba del todo informada, o la fantasía de su madre paseaba un casi siglo hacia atrás.

Caminó por el boulevard Clichy, en la dirección del azar. Los locales de música dejaron lugar enseguida a los sex shop y sus negocios aledaños, que convocaban los más diversos tipos humanos a rondar sus puertas. En secreto, Matías hizo una anotación en su agenda de esa semana. ¿Querría acompañarlo Mario si se lo propusiera? No lo haría, mejor, andá a saber si el tipo. Por las dudas. No iba a arriesgarse a meter la pata de esa manera. El jueves.

Ocho

Llevaba casi diecinueve años funcionando con el mismo nombre y con algunos altibajos, pero Ana siempre trabajó bien en La Ruelle. Al principio le había costado un esfuerzo adaptarse a los ritmos y los horarios de la noche, y a algunos personajes, y a algunas situaciones, pero el tiempo había traído la solución. Pilar y Joselu lo llevaban desde hacía unos nueve años, casi diez, y habían conseguido darle un lugar entre una clientela bastante particular. Lo habían decorado en madera oscura, con material que Joselu había conseguido en un desguace –casi su única aportación, que le daba la posibilidad de decirse y actuar como dueño del lugar delante de todos menos de su esposa Pilar-, la semana siguiente de concretar el traspaso.

Las puertas se abrían a las siete pero no se generaba ambiente hasta después de las nueve y media. Algunos días entraba un grupito perdido de salida del trabajo, y siempre aparecían tres o cuatro borrachos tempraneros o tristes deseosos de prolongar el oasis de su soledad, pero lo normal era el aburrimiento y la espera codos en la barra hasta pasadas las nueve. Damaris aprovechaba los primeros minutos para preparar la noche, Ana fumaba el primero en todo el día, Joselu desaparecía del bar hasta las diez y Pilar se colgaba de Murcia a través del teléfono. Con pocas variantes y combinaciones, esa era la foto de La Ruelle desde las siete y durante dos horas, de jueves a martes.

Pocos minutos antes de las diez, el paisaje cambiaba. Los vasos se alineaban en la barra delante de hombres solos que miraban de reojo los grupitos de tres o cuatro chicas. El show de las diez y media aplacaba las escaramuzas de seducción, apenas

29

avanzadas, casi ninguna concretada. Y más tarde, sobre la medianoche, los grupitos se iban deshaciendo en promesas de parejas fugaces, o en solitarios que abandonaban el bar para darle una última oportunidad a la noche. Sobre el final, los restos humanos que dejaba el alcohol y la angustia de vivir sin horizontes. Eran esos los que permanecían hasta el final, y que de vez en cuando Pilar debía sacar a la calle respaldada por la figura de su marido, fingiendo rigor tras la barra.

Ese lunes había sido especialmente tranquilo, cosa que había puesto en guardia los nervios de Pilar. Damaris había terminado de cargar las heladeras para el día siguiente quince minutos antes de las tres, y no había nadie a quien desalojar, así que Ana había levantado las sillas y barría un rincón del salón mientras canturreaba una canción del grupo que había actuado esa noche, Pop Péchers. Tan concentrada estaba en el tarareo que no vio acercarse a su compañera, con una segunda escoba en la mano, con la que simulaba un pie de micrófono, para proponerle un dúo de escobas en el final de la noche, que Ana aceptó sin dudar. Terminaron juntas de barrer justo en la esquina de la barra, con la confidencia a punto.

- Le voy a decir a Pilar que se juegue y compre una aspiradora.

- Dile, mana —respondió Dami, mientras buscaba la pala para recoger lo barrido-, haríamos más rápido y saldríamos antes. Dile, porque estos dos son más tacaños que no sé qué.

- No te preocupes, yo hago el trabajo duro.

Damaris no supo si se refería a convencer a los jefes o a recoger del suelo el montón de basura que habían acumulado junto a la esquina de la barra, un asco verdadero, pensó, por lo menos ya no hay mégots. Dejó la pala junto a su compañera y volvió detrás de la barra, para los últimos detalles del día siguiente. Al volver a mirar, la basura seguía en el suelo, y Ana estaba apoyada la cabeza sobre una columna, el peso sobre la escoba y la mirada perdida en el rincón más lejano de la sala. Tuvo una sensación áspera, y por sacarla de su pensamiento le preguntó lo primero que se le cruzó por la mente.

- ¿Viene a buscarte alguien? –preguntó, ya parapetada.

- ¿A mí? –se asombró Ana con la pregunta-; ¿buscarme? ¿Quién va a venir a buscarme a mí?

- Ay, bueno, no sé, algún bato, así buenote, alguien.

- No –sonrió triste, como tomando conciencia de una revelación, de la improbabilidad de que el sencillo hecho de que un hombre pasara a buscarla al terminar su horario sucediera-, no viene nadie. A mi ya no viene a buscarme nadie.

- Ay, manta, tampoco exageres, tu eres joven aun.

- Si, ese es el problema, el aun. Las mujeres tenemos el aun muy breve.

Tuvo que postergar lo que quería contar por unos instantes, para no interrumpir el lamento de su compañera, pero no fue capaz de prolongarlo demasiado.

- A mi sí.

- ¿A vos sí qué? ¿Vienen a buscarte?

- Si, un hombre bien bueno que conocí hace un par de noches. Insistió tanto el pobre… Ya lo verás, es arquitecto, tiene cincuenta y tres años, es muy elegante.

- Qué bueno, Dami –dijo Ana-, me alegro por vos.

- Pero yo me preocupo por ti, ¿quieres que le diga que lo veo otro día y nos vamos por ahí tú y yo? O puedo preguntarle si tiene un amigo.

- No, qué amigo —exclamó Ana, alarmada-, dejame de amigos. Lo que me faltaba era una cita a ciegas; no, andá vos, disfrutá, encamate si te gusta el tipo y pasátelo bien, a mí dejame. Además, yo estoy muy bien así, tranquilita, solita. Tranquilita, sobre todo.

Damaris escuchó la declaración de finales de Ana en silencio, sin oponer objeciones gestuales; alguna vez, no hacía demasiado tiempo, ella habría dicho lo mismo. Quiso que no levantara el vuelo de la apología de la soledad.

- Bueno, Anita, te entiendo.

- Además, ¿sabés donde estuve esta mañana?

- No, claro.

- En el centro, estuve. En el Pont des Arts, sacando el candadito que puso el pelotudo de Guillaume hace… ¿cuánto? Dos años y pico, más o menos.

- ¿De verdad?

- ¡Y claro que de verdad! ¿Sabés lo que me costó encontrar la puta llavecita? Estaba en un portafolios que se dejó, y que yo ya había felizmente olvidado, y que no pienso devolverle, ese va al río de cabeza.

- ¡No seas loca, manta! ¿No tendrá cosas importantes?

- ¿Y a mí qué me importa? Y si tiene cosas no serán tan importantes desde que no las reclamó en su momento; ahora no le quiero ver la cara al forro ese. Además, me sentí una idiota ahí, acordándome de mi cara de ilusa cuando lo pusimos, y ahora sacando el candadito, metiendo la llave para sacar el nombre de ese tipo y el mío, rodeada de minas y de tipos que van con su ilusión, con su llavecita doble. Me daban ganas de decirles, no se apuren, dense tiempo, a ver cuál de los dos se manda la primera cagada, cuidado que el metal es más duradero que las promesas. Pero al fin y al cabo les da igual, es solamente un cacho de metal cerrado y con una inscripción. ¿Cuántos de esos candados que están ahí serán de gente que ya se engaña, que ya se odia, que ya no se ve ni desea verse?

- Bueno, Ana, también habrá historias de amor que funcionen. No seas tan oscura, que me dan ganas de decirle a este hombre que no me espere.

- No, perdoname – quiso corregir Ana-, seguro que sí, que muchas veces van bien. No me hagas caso, la que no quiere repetir soy yo, disculpame la militancia.

Damaris abrió sus brazos porque no encontró palabras, y Ana aceptó un abrazo breve y flojo, de circunstancia. Desde la oficina las llamó Pilar. Con gesto inexpresivo y ademán escueto les extendió los sobres de las propinas, que solían repartir los martes, antes del día de descanso.

- Mañana no se abre, tenemos desinfección. Aprovechen para pasear.

Nueve

Tiene las manos atadas. Aunque el viejo le cae bien, y la gratitud es sincera, va a salir esta noche por compromiso y no porque tenga ganas. La tarde fue un estímulo que pudo encontrar en el fondo de un bar del diecinueve, al que lo había llevado su desconocimiento del idioma y cierta desazón con la ciudad. Tal vez había planeado demasiados días, y París no parecía tener intereses comunes con él. ¿Cuánto más iba a caminar? ¿Cuántas fotos más iba a visitar? Al fin de cuentas, eran ajenas, eran heredadas del viaje de mamá en el sesenta y ocho, o del tópico turístico, o de películas que le fueron dejando imágenes, o de vendedores de prestigio en serie. Ahora que estaba caminaba la ciudad de las fotos y encontraba las formas conocidas, pero nada más. Se había dado cuenta de que las expectativas no le pertenecían. Estaba bien, una foto con la torre Eiffel, un punto de interés en las charlas con los amigos al regresar, un destello de envidia en algunos ojos, un argumento para las minitas, para mamá. Para Lorena. Una foto con el Moulin Rouge, aunque hubiera sido mejor con Nicole Kidman, una foto con el río y Notre Dame detrás. Le Sacré Coeur estaba al lado, tenía la lista de pintores para sentir que caminaba por un lugar importante, frecuentado por los pintores de mamá, Picasso, claro que lo conocía, un tal Utrillo, un tal Monet, un tal Pissarro, no, el conquistador era con zeta. Muy lindas las calles empedradas, como las de Parque Patricios pero con turistas, muy estrechas, muy enrevesadas, muy pintorescas pero nada más. Montmartre fue un barrio molesto porque era cuesta arriba con ganas, y su recuerdo, además de las fotos, es el de un crêpe de jamón y queso emmental. Podría saltarse Bruselas y salir para Colonia o

Amstedam, buscar gente más piola, más de mar. Las francesas estaban escondidas, incluidas las pocas que se había cruzado en la calle. Algo más real, piensa. Al regresar de la salida con Mario, hará los mínimos cálculos necesarios para sacarle cinco días a París y otorgárselos a Colonia, por ejemplo.

Ahora tiene las manos atadas, pero no está siendo mal negocio un par de charlas de comida y una salida a cambio del alojamiento, de comer si lo necesitaba, de no verse obligado a tratar las necesidades básicas en un idioma desconocido. Es auténtica la gratitud aunque preferiría esta noche salir solo, salir a probar suerte con alguna turista, a quemarse las pestañas de neón hasta que amaneciera, a ver qué le regalaba la noche, y no sentarse en un lugar de gente mayor o normal, lo que él no era, por supuesto, y cenar comida francesa con batallitas de exiliado y tango que me hiciste mal cuando yo te vuelva a ver y tener que acompañar de vuelta a Mario antes de medianoche y las consecuencias, ver moverse las imágenes de la tele sin sonido, o pedirle otra vez la compu para que se haga una hora decente para ir a dormir, las cuatro y diez o las cinco menos cuarto, no fuera que comenzara temprano el día siguiente y se le descuajeringara el sueño.

Dos golpes en la puerta, que se abre cuando Matías dice pasá. Le pregunta cómo estás qué hiciste hoy, Matías y su lista de fotos que fue tachando durante la tarde, encargos de tenés que ir, no podés dejar de estar, hoy fue La Torre, mañana será La Avenida, si le da tiempo el puente del comienzo de Rayuela. Se disculpa Mario, se disculpa a priori porque no termina de encontrarse bien, no Matías no puede ayudar, es una molestia, nada importante, algo que le cayó mal, se le pasa descansando y además el grupo que quería que conociera mañana también tiene show, en otro lado, ya se fijará, ahora lo único que desea es prepararse un té y acostarse, poner la radio y que el sueño venga. Matías siente una liviandad en sus horas por venir, libre ya del compromiso con Mario, una liviandad que no se transforma en noche loca y descontrol sino en lo que iba a ser el regreso temprano, algún deporte en el televisor con el volumen bajo, picar algo de la heladera, la trasnoche indoor inesperada. ¿Vas a usar la compu, Mario? Hoy es martes en Buenos Aires; a esta hora los chicos deben estar por reunirse en casa del Pájaro. Podría conectarme con ellos un rato.

Diez

Gastün la recibió con una danza sinuosa entre los pasos que entraban en el piso. Olfateó al pasar el bolso que Ana había dejado sobre una silla al entrar y luego la esperó encaramado al respaldo del sillón. El ritual era el mismo cada noche, un pacto tácito, una de sus complicidades. Si ella se sentaba para terminar una llamada, descalzarse o entregarse al cansancio, se acomodaría pegado a su pelo, o bajaría una pata hasta apoyarla sobre su hombro; si no, seguiría con Ana regresando de la habitación, ya cambiada de entrecasa, con un vaso de leche si el trabajo había ido normal, muy excepcionalmente una cerveza que solía presagiar noche larga. Pero si como esa noche, Ana traía un vaso de leche tibia, al que precedían los tres pitidos del microondas, el plan era sentarse juntos frente al televisor, cambiar canales sin encontrar, compartir algunas gotas de leche aun tibia en los dedos de ella, resignarse al canal de noticias y al primer bostezo ir a la cama, abrazada al almohadón del sofá. Exacto suceder esa noche, Gastün esperó a que la luz se apagara en la habitación, bebió al pasar el último trago de agua y silenciosamente subió a la cama y se acomodó junto al cuerpo de Ana, que ya cubría la primera manta del otoño. Pero aunque lo pareciera no dormía, vigilaba.

La mañana lo encontró trajinando sus asuntos domésticos de gato: lentas idas y vueltas entre la habitación, y la cocina, y la cocina y el comedor, largas observaciones de la calle a través de la ventana, lavado de manos. Comprobó que no le faltara agua, los granos de comida les serian repuestos antes de salir por la tarde.

Cuando el primer sonido soñoliento de la voz lo convocó al buenos días, eran las dos menos cuarto de la tarde. En un salto silencioso estuvo en la cama y se sentó a mirar con atención el despertar de Ana. Los movimientos iban creciendo poco a poco, primero un temblor de la forma del edredón, luego más lentos y más prolongados, hasta que por fin por un extremo asomaba el desorden de cabellos que la anunciaban. La cabeza permaneció erguida y se giró primero hacia la ventana y luego hacia la mancha negra que la observaba desde un lado de la cama. Luego dejaba que el peso la regresara a la almohada.

- Buen día, Gastün.

El saludo era el permiso concertado, aunque no siempre necesario, para acercarse, pasar rozando con el costado la cabeza y luego la mano que ya había salido de debajo del edredón y se transformaría de una caricia inicial al pasar en un quinteto de dedos que rascaban los buenos días en la cabeza, o en el lomo, o en la pata que hubiera quedado a tiro, y que a ciegas encontraran. Una segunda pasada era permitida, y solía terminar en un encuentro de las cabezas, y el despertar definitivo de la mujer.

El frío se hacía agradable durante un par de minutos al despertar, cuando todavía no imponía su autoridad incuestionable, y Gastün aprovechó las ventanas abiertas para salir por el balcón rumbo al universo de los tejados. Ana no podía evitar una cierta presencia de angustia, a pesar de la gatuna condición de Gastün, a pesar de la costumbre y de la imposibilidad de evitarlo. Se quedaba siempre con una sensación de abismo interior y la cosquilla del vértigo posible. No le preocupaba que se quedara afuera, siempre encontraba la manera de llamar su atención, y si demoraba demasiado sabia que lo encontraría en el pasillo al regresar. Gastün era un espacio de seguridad en sus relaciones, le proporcionaba la paz de saber a qué atenerse.

Ya se había acostumbrado a levantarse sin hambre, y a desayunar un café con leche con dos tostadas indeseadas, manteca a veces. Era la manera de no tener que enfrentarse a un incontrolable monstruo hacia las cinco y media, cuando debía almorzar para llegar bien al fin de la jornada. Era una ingeniería complicada, que le había costado muchos meses ajustar a sus tiempos y que aun así no le aseguraban nada. Estaba a pocos días de sentir el primero de los cansancios, el principio del deseo de dejar la noche, o al menos la noche tan larga, tan pesada. Había dejado de ser una jovencita que se buscaba la vida como pudiera, ya llevaba casi dos décadas en París y el cuerpo estaba por pedirle un descanso.

La decisión de darle una oportunidad al canto había sido el anticipo, imaginaba que la noche de bolos sería menos pesada que la de servir copas y aguantar graciosos, el respeto de la distancia que impone el escenario la mantendría a resguardo de buena parte de la legión de pelotudos que rondan la noche de la ciudad. Era su fantasía y había que respetarla.

La segunda mitad del café con leche se le había enfriado en lecturas de internet, correos, diarios, videos compartidos, estupideces en general que le dejaban las más de las veces una pálida sensación de tiempo perdido. Completó la taza con café, para hacerlo más oscuro y efectivo, y se lo calentó antes de emprender la tarea importante del día, y la que le provocaba una pereza sucia y densa: dibujar por encima un repertorio y contactar a los músicos para armar el show para La Ruelle. El que menos le costaba era llamar al propietario del piso para renovar el alquiler.

Al otro lado del cristal de la ventana, el sol reaparecía por una grieta de una nube gris durante unos segundos y un maullido breve reclamaba su lugar junto a ella.

Doce

El sobre. Tanto había pensado en el sobre que podría estar desgastado, roto, incluso abierto. Más de una vez había contenido el impulso de matar la incertidumbre, de conocer, y solo lo había postergado para recibir a Matías con el ánimo limpio. Aunque en cada acto de las últimas dos semanas sobrevolaba una mancha blanca con la inscripción de un laboratorio de Charenton. De todas maneras, si lo hubiera abierto no habría entendido el resultado, pero el secreto que guardaba en el primer cajón del placard era mucho más poderoso que quien lo podría interpretar. Le pesaba en las horas, le rondaba los pasos; solo quería recibir a Matías con el ánimo limpio.

En la sala de espera había una mujer delgada, de unos treinta años recién superados, de pañuelo en la cabeza y de la mano de un hombre, que le provocaba la sonrisa a cada rato; una mujer pasados los cincuenta con una cartera grande a la que se abrazaba con gesto duro, y una enfermera negra que le hablaba con tono despectivo sobre la hora de llegada. Esperó a que la enfermera se marchara y se sentó junto a la mujer de la cartera, dejando un banco libre. También Mario estaba ansioso; se podría decir que se le había multiplicado la ansiedad desde que había sacado el sobre del cajón, de debajo de las camisas, y había crecido a medida que se aproximaba a la consulta. A los pocos minutos de haber llegado, llamaron a la mujer joven, entró con el marido, que había cambiado la sonrisa por la boca tensa de la expectativa. Mario calculó un mínimo de diez minutos, si la cosa iba bien, y se levanto a prepararse un café de la máquina. Un café, por malo que fuese, no empeoraría la situación.

Pero cuando el vasito plástico apenas comenzaba a quemarle los dedos, la voz ríspida de la enfermera pronuncio su apellido, a la manera francesa, aguda.

- Monsieur Bertini.

Los años habían naturalizado esa forma de pronunciarlo, levemente nasal, lejos del grave italiano y más lejos aun del original acento danzarín del Río de la Plata.

- Bertini -repitió la enfermera.

Mario se llevó el vaso de plástico a los labios como reacción primera, para aprovechar si no más un par de sorbos del café, no desaprovechar las expectativas del calor en el cuerpo, y enseguida decidió entrar a la consulta con el vaso hasta la mitad.

Se sentó en la silla que lo exponía más a las palabras del médico, dejó el vaso sobre el escritorio y saludó.

- Estos son los resultados.

Extendió el sobre blanco que había rondado sus últimas dos semanas y se recostó a esperar en la quietud más completa de la que había participado. El médico lo miró con gesto de reprobación, Mario pensó que era por la demora en venir –en realidad era su costumbre, una manera de colocarse en su escalón superior y de predisponer a los pacientes a la obediencia-, y luego se entregó a la lectura.

- Esto no está bien, señor Bertini –dijo, al cabo de dos lentísimos minutos-, no me gusta nada. Hay que repetir las pruebas.

En unos formularios que sacó del cajón con un movimiento memorizado desde hacía años escribió sus órdenes mientras

Mario intentaba intercalar alguna pregunta entre los gruñidos del médico. Ninguna respuesta hasta que terminó de escribir y le entregó los papeles.

- Hay que repetir las pruebas. Esta vez no se demore, señor.

Sin mirarlo le tendió la mano. De tal manera la colocó que Mario tuvo el primer gesto de besarla al modo de los anillos obispales, y no lo contuvo. Tomó la mano blanda que le tendía el médico y rozó el dorso con sus labios.

- Amén.

El médico retiró bruscamente la mano al sentir el contacto de la boca de su paciente, y lo miró con gesto menos reprobatorio que desorientado. No supo qué hacer con su pedestal.

- No se quedará usted con mis análisis.

Con un rezongo arrastrado e ininteligible, el sobre blanco con el logo del laboratorio de Charenton voló en giros hasta la orilla del escritorio donde estaba a punto de salir Mario, que con reflejos impropios los agarró en el momento en el que estaban a punto de caer a sus pies.

Salió del consultorio con la media sonrisa de una victoria inútil, que al cerrar la puerta se diluyó en la prolongación de la antigua incertidumbre.

Trece

A Franck lo conocía a través de Omar, los dos músicos, los dos contrabajistas, solo el segundo había sido su pareja. No había llegado a ejercer el cargo, habían salido algunos meses sin mayor compromiso, aunque los amigos ya comenzaban a identificarlos como pareja estable. Pero no prosperó, no terminaba de convencerla, había espacios de aburrimiento que no debían estar. Pero amigos, eso sí. Franck tampoco necesitaba de la anuencia de nadie para juntarse a tomar un café con una antigua amiga en segundo grado, y hacía tiempo que no lo veía a Omar, creía que se había ido a Lyon, había encontrado un grupo por ahí, aunque venia a París bastante seguido. Franck era un buen músico, al decir de sus colegas. Tampoco era una garantía, por esa época los músicos hablaban maravillas de otros músicos, como una forma de ejercer la infrecuente modestia, pero que solía ocultar el papel de crítico autorizador. O se evitaba la crítica del otro. Pero Franck era un buen músico, especializado en vientos, que amaba la música latina y llevaba una fotografía de Ray Barreto medio raída en la cartera, herencia de la resaca melosa de una juventud latina. Una tonalidad que, con mesura, Ana quería incluir en su estilo.

Cuando Ana le explicó a grandes trazos la idea que tenía, Franck la escuchó con gesto imperturbable. Antes de que finalizara le pidió que se detuviera mostrándole las palmas de las manos, los dedos hacia arriba. Ya tenía el nombre de los músicos con los que podían grabar, y los que integrarían la banda, trío y voz, para los shows. Llevando al límite el stress de Ana, mencionó sin detenerse tres lugares donde podría conseguir bolos. Ella lo tranquilizó, vamos a ver, vamos de a poco. Pero Franck no creía en la demora; como si lo persiguiera el final de los tiempos, la emplazó para el primer ensayo la semana siguiente, prometiendo ocuparse él de los músicos. Solo le pedía que le enviara una lista de temas que quisiera interpretar, para ir preparando las cosas. Ella quiso resistir una vez más el impulso de Franck, dejar claro que era ella la que mandaba en el proyecto, pero luego pensó que ese ímpetu le vendría bien para sacar adelante su sueño, y no por eso dejaría de dirigir el rumbo.

Catorce

La lista la hizo a mano, en una hoja de libreta cuadriculada, que luego arrancó con cuidado y que conserva en un cajón de la cómoda, protegida por una mullida capa de ropa interior. La escribió con tinta azul y letra cuidada, un número precedía cada título, que aparecían solos, sin referencia autoral. Veintidós títulos de canciones de orígenes diversos, la mayoría en castellano, algunas de ellas con el titulo inexacto, posiblemente una primera selección para una grabación o un show breve. Solo una aparece corregida, la número dieciocho, que mostraba tres letras prolijamente tachadas -sup- y luego el título propuesto.

1. La barca

2. Y el amor

3. Les vieux

4. Inconsciente colectivo

5. Serenata para la tierra de uno

6. Un pacto

7. Nostalgias

8. Dondequiera que estés

9. Canción del jardinero

10. Eu sei que vou te amar

11. Come

12. Tonada de la luna

13. Tonada del viejo amor

14. Chiquilín de Bachin

15. Montón de nada

16. Je t'aime

17. Gurisito

18. ~~Sup~~ Chanson pour l'auvergnat

19. La puerta

20. Los locos de Buenos Aires

21. La javanaise

22. Himne à l'amour

Hoy la lista está plegada en cuatro partes perfectamente iguales, y de tiempo en tiempo, cuando quiere retomar algo propio, cuando siente que se aleja, Ana desliza su mano con suavidad por debajo de su ropa intima, la rescata de su rincón de descanso, la despliega con suavidad y la mira, y en esa lista en ese papel mira el germen de su sueño, el paso fundamental.

Quince

Desde que tenía dieciséis años, diecisiete, cuando deseó por primera vez hacer lo que se disponía a hacer, cuando empezó a memorizar los nombres y los números antes de poder asociarlos a un paisaje. Se había tomado la mañana para él, sin interferencias de encargos ni compromisos familiares que, aunque débiles, se sentía obligado a cumplir. Le habría gustado hacer el paseo con Mario, aunque no lo habían llegado a comentar, seguro que había leído la novela. Incluso puede que hubiera conocido a Cortázar. ¿Lo habría conocido? Debía ser joven, y en diez años bien podría haber coincidido en alguna reunión, o haberse cruzado con la figura alta y mítica. No habría tenido problemas en reconocerlo, si lo hubiera visto; tenía que preguntarle cuando lo viera. Pero aunque no lo hubiera conocido, lo habría leído, y Rayuela tenía que haber sido el eje de esa conexión de lector. Le habría gustado hacer el paseo con Mario, pero el compromiso parecía impostergable, e importante, tanto como para ponerlo inquieto.

Se bajó en Cité, cruzó la mitad del río, empezaría por el Pont des Arts, como Rayuela, también. Unas cuadras después, no lo había imaginado así, tan pobladas las maderas del suelo de personas, los hierros de candados. La realidad, aunque acordara con la belleza, lo decepcionaba al no hacerlo con su fantasía. Aun así, cruzó el puente, deteniéndose en algunos bancos, en ambos lados de la barandilla, miró el río abajo, pensó en que había llegado justo a tiempo para coincidir con esa versión precisa del Sena. Era el capítulo uno, el treinta y seis, el ciento ocho. En realidad, ese puente era el clima de Rayuela.

Luego volvió sus pasos sobre el Quai de la Mégisserie, para detenerse en los ataúdes de emergencia, que ya se ocupaban casi exclusivamente de los turistas, asomarse a ver si los peces seguían por ahí, volvió a la isla a visitar el sauce que sacaba sus finas arañas de la bruma, en el Vert-Galant, luego por las baldosas del Pont Neuf hacia la rue Dauphine de tiza gris, sesenta y cuatro, donde vivía Pola y Oliveira la frecuentaba, hacia el gato negro de la rue Danton, luego el Boulevard Saint Michel –el Boul' Mich'-, hasta Luxmebourg, hasta la rue Médicis, donde un hombre seguía orinando, aplicadamente.

Entró en el parque y se sentó. Habían sido casi tres horas de caminata y los tobillos comenzaban a acusarlo. Y el hambre también aparecía por ahí, amenazante. Estaba cansado, hambriento e insatisfecho, porque lo cierto era que no había encontrado más que cotidianeidad en los lugares que había caminado adolescente fascinado por las páginas de Rayuela, al caminar por ahí eran espacios públicos, normales, tan ajenos como agosto. La literatura de Cortázar los había enriquecido con las palabras, les había dado una dimensión diferente, y una existencia en la imaginación de cada lector. Esos lugares, uniones de baldosas, latón, hojas, ladrillos, ya no cumplirían las expectativas de quienes los había imaginado.

Pensó que cuando hubiera caminado un poco más la ciudad, cuando la hubiera incorporado a su mirada, debería volver a leer la novela, ya extendida sobre el paisaje de su propia memoria.

Dieciséis

Poner la ropa a lavar y siesta. La caminata lo había rendido. Mientras durmiera trabajaría el lavarropas, el justo servicio de las máquinas hacia el hombre, y al despertarse las llevaría a secar. Le gustaba pensar con el runrún y el calorcito de las máquinas de fondo, pero tenía que hacerlo bien descansado porque más de una vez, en Buenos Aires, se había quedado dormido en los bancos durísimos. Pero si estaba despierto podía pensar; pensaba bien, decía. Aunque en el primer mundo, imaginaba Matías cuando se hartaba del Laverrap de la calle Los Patos, Mario tendría todo lo necesario en casa. Las expectativas son siempre nuestra responsabilidad.

Justo esa noche que se había decidido. Después de un par de postergaciones iba a recorrer le Marais con la testosterona alerta, bar por bar si era necesario, en busca de evitar inventarse al menos una de las historias que se vería obligado a contar en rondas diversas de amigos diversos. Contaba con su decisión y se olvidaba de que la salida de la noche anterior la había postergado Mario por una indisposición pasajera, por eso se decepcionó cuando sobre la una su anfitrión le confirmó su franca mejoría y su compromiso postergado, que podrían concretar esa misma noche, el grupo valía la pena, había averiguado que esa noche actuaban —el grupo, actuaban, ¿así se hablaría antes en Buenos Aires?— en un bar del Marais, justamente, qué coincidencia, bueno, si acaso al terminar el show le diría que había quedado, o le propondría la alternativa de Pigalle, para que se asustara y lo dejara solo, o en el peor de los casos le acompañara a evitar la ficción al regresar. ¿Qué tipo de música? No lo sé, ¿hay tipos de música todavía? El viejo parecía no serlo tanto y a veces lo sorprendía. Bueno, sí, blues, tango, rock, cumbia, merengue, son tipos de música, a eso me refiero. Son canadienses, así que se puede esperar cualquier cosa. Qué tiene que ver que sean canadienses. No hay nadie más ecléctico que lo canadiense, ni siquiera lo argentino. Bueno, si me decís el nombre lo googleo. Para qué. Para saber al menos lo que vamos a ver. Y para qué querés saber de antemano lo que vamos a ver. No sé, para saber. No sirve de nada saber de antemano. Che, cuánto misterio. No es misterio, es que a veces hay que dejarse llevar por lo que te ofrece la vida, Matías, uno quiere saber todo y al final la vida te enseña que es ella la que manda y dispone. Ah, bueno, si la cosa viene filosófica. Y además no me acuerdo, tengo que fijarme en un papel sobre mi escritorio.

Justo esa noche que se había decidido, el viejo estaba innegociable con su idea de hacerle conocer una banda de la que no se acordaba el nombre en un lugar que esperaba que tuviera anotado. Y lo peor era que ya empezaba a carcomerle los planes la conciencia, empezaba a darle nosequé dejarlo solo al terminar, cortarse para buscarse una mina, incluso asustarlo con la idea de terminar la noche en un puticlub de Pigalle. Se veía volviendo al departamento de Vincennes, con las historias de Mario hasta el cuello, y queriéndose matar. Te querés matar, Matías, te querés matar.

Esa tarde descartó la avenida Champs Elysées y visitó el Sena, desde donde lo había dejado, junto a la Tour Eiffel, por los paseos que transcurren por la *rive gauche* hasta el Pont des Arts. Un camino largo que encontró descanso en uno de los bancos del puente de metal y madera, al que volvía, y que era la única imagen propia que traía de la ciudad. Se había quedado largo rato mirando las corrientes, la del río y la de la humanidad, que convergían por un instante en sus coordenadas y seguían sin apenas detenerse. Solo algunas personas, que se apoyaban en la barandilla y miraban el paisaje urbano con ojos de horizonte, o se sacaban fotos con el brazo extendido o entre dos colocaban un nuevo candado entre los miles que doblaban el peso del puente y hacían inminente una decisión de la Mairie de París. Se preguntó durante los veintisiete minutos que estuvo sentado cuántas personas vería pasar mientras estuviese sentado, cuántos metros cúbicos de agua, cuántos encuentros acordados se producirían, cuántos casuales, cuántos pensamientos suicidas, también pensó que no era un puente ese para ese tipo de pensamientos, y se preguntó cuántos candados habría amarrados y cuántos se amarrarían mientras estuviera, y cuántos de esos candados corresponderían a parejas vigentes, y cuántos a parejas que sobrevivirían al año, cuántas mujeres habrían pasado en la última semana que él sería capaz de desear. En algún momento del recuento le sobrevino un horror vacui, que no soportó ni un cálculo más, y lo llevó a seguir camino, ya descansados los pies y los hombros.

No lo pensó hasta que estaba en el metro, camino del departamento de Mario, pero había estado otra vez sin ser consciente. Después de un arrepentimiento fugaz vino una certera culpa por haberse distraído con boludeces, luego el esfuerzo por retomar la memoria de los sentidos de ese espacio de su vida en el que estuvo sentado en un banco del Pont des Arts, la brisa fresca en la piel, el color verde del río por debajo, las caras de la gente, los orígenes diversos, los idiomas ininteligibles, las voces altas o susurradas, las tablas que ceden apenas al paso de los demás. Después, tuvo que bajarse, había llegado a la terminal.

Tenía que poner a lavar ropa de una vez. Le quedaban limpios solo una camisa blanca y unos jeans para ponerse, suficiente para salir con el viejo. Para lo demás, le preguntaría qué hacer; si decidía acortar su estancia e irse en dos días, quería irse con la ropa limpia. El sábado por la mañana era una opción interesante para seguir camino a Colonia. Se lo diría a Mario en el bar, después del show -diommío, que sea al menos soportable- no tenía por qué tomárselo a mal, sobre todo después de haberlo llevado a ese bar de viejos, y sin haber él rechistado.

No estaba tan mal el bar, después de todo; oscuro, luces de neón, el surtido de bebidas necesario y un par de mozas de muerte, especialmente una rubiecita, de pantalones ajustados y camiseta negra con el nombre del bar. Se sentaron a la barra después de una invitación de Mario, y la chica no demoró en poner un posavasos delante de cada uno y preguntarles en un francés muy acentuado qué iban a tomar. La expresión de Matías se sonrió en disculpa, y con la cabeza dio a entender que no hablaba francés, mientras buscaba en la carta para señalar la palabra Martini.

- English? –dijo la chica, pero la impostación de la voz delató su origen latinoamericano, que Matías no supo precisar.

- ¿Sos panameña? –arriesgó por confirmar el idioma.

- La señorita es mexicana – dijo con seguridad Mario, y esperó en silencio la confirmación de ella.

- Tienes razón –dijo Damaris mirando a Mario, y luego se dirigió a Matías, actuando una suave seducción-; ¿Panameña? ¿De verdad te parece que tengo acento panameño?

- Bueno- se justificó Matías-, te había escuchado una sola palabra. Entonces, mexicana, ¿no?

- Si, ¿Y ustedes?

- El señor y yo hemos nacido en la Republica Argentina – dijo ceremonioso Mario-; él vive aquí desde hace cuatro días, yo llevo de vacaciones treinta y tantos años.

- Argentinos, claro –dijo Damaris-, ¿Y qué van a tomar los argentinos?

Como sabemos, Matías ya había elegido un Martini, y lo pidió solo con hielo, Mario quiso ser amable y pidió lo mismo.

- Enseguida se los traigo, pibes.

- Nos sentamos en una mesa.

Damaris se fue con un meneo afectado y Matías observó cómo se alejaba.

- ¿Se habrá enojado? –preguntó, mientras se levantaba.

- Y, vos también… Panameña. Podrías haber escuchado un poco más antes de aventurar una nacionalidad, ¿no sabés lo orgullosos que son los mexicanos? Es por todo el tema azteca, y eso.

- Y, bueno, qué querés, quise ser simpático y mandé cualquiera.

- Igual, le gustaste a la mexicana.

- ¡Pará! ¿Qué decís?

- Seguro. Yo vi cómo te miró. Igual, las camareras juegan mucho con eso, tampoco te pienses que te la vas a llevar al catre así nomas.

- No se me había ocurrido, pero ahora que lo decís…

Se distrajeron mirando el local, los cuellos girados hacia lados opuestos. Matías calculó que una media hora a partir de que terminara el show sería lo correcto de esperar. Damaris lo miraba cuando se cruzaron sus ojos mientras regresaba con dos vasos largos en una mano y un gesto demorado hacia la barra en la otra. Lo miraba con más curiosidad que atracción.

- Sus bebidas, señores.

- Gracias. ¿A qué hora es la actuación? –preguntó Mario mientras pagaba las copas.

- En unos veinte minutos, aunque siempre se toman un margen.

- ¿Y qué banda toca? –dijo Matías.

- ¿Una banda? No es un desfile, hombre. Esta noche actúa un grupo muy bueno, los Allons tous ensemble chez IKEA, un rock and pop lindo, a mi me gusta, al menos.

- Rock and pop –repitió Matías.

- ¿Puedo saber cuál es tu nombre?

Damaris miró al hombre que le había hecho la pregunta, unos sesenta y pocos años, buena presencia, seguridad al hablar, y había pagado la bebida de su hijo. Se sorprendió de que le resultara más atractivo que el joven. Quiso dejar sentado el pie de igualdad y tendió la mano que antes había dejado el gesto colgado del aire.

- Damaris.

- Mario –dijo, e hizo el gesto galante de besar la mano-, encantado. El es Matías, un buen amigo de la familia.

- Mucho gusto -respondió ella-. Ustedes que son argentinos, ¿de dónde son? Pregunto por curiosidad, porque mi compañera también es argentina.

Ana, ajena a la mención a unos diez metros, recibió dos miradas masculinas sin saberlo, mientras repasaba la barra vacía, por hacer algo.

- De Buenos Aires —explicó Mario-, yo nacido en la ciudad de Rawson y criado desde bien chico en Buenos Aires y aquí el amigo es porteño de nacimiento. Matías es el hijo de una buena amiga.

- Así que Matías —dijo ella mientras le tendía el brazo para recibir un homenaje similar, pero él solo apretó brevemente la mano y preguntó.

- ¿Y de donde es tu amiga?

- La verdad es que no lo sé, luego le pregunto, si quieres.

- Bueno, tampoco es importantísimo.

- Pues bien, si necesitan algo, estoy por aquí.

Esta vez fueron los dos los que miraron alejarse a Damaris, camino de otra mesa donde se había sentado una pareja de mediana edad y pinta de buena gente francesa. Mario fue el primero en desviar la mirada del culo tenso de Damaris, para dirigirla hacia Matías, que la llevó al límite.

- Bueno, ¿Te gusta el lugar?

- Está bueno. Vamos a ver qué tal el show.

Esto lo dijo en un tono de amable desafío.

Pasaron unos minutos en silencio, miraban los detalles del local, la preparación del sonido sobre el escenario, el movimiento de las mozas, hasta que Mario volvió a iniciar un diálogo.

- ¿Y como está tu mamá?

- ¿La vieja? Bien, con sus cosas, bien.

Para Matías las siete palabras constituían un reporte suficiente, pero Mario no se conformaba con la volanta.

- Pero contame, a qué se dedica, qué le gusta; pensá que hace mucho tiempo que no nos vemos y hablamos tranquilos. ¿Sigue con el inglés? ¿Sigue escribiendo? ¿Sigue con sus clases de esgrima?

- Si, esgrima a full –respondió Matías con una sonrisa de encuentro-; se puede caer el mundo, pero a esgrima no falta. Y lo hace bien, todavía le dan las tabas. Se cree que es El Zorro.

- Te contó que fuimos juntos a las primeras clases, allá por el siglo…

- Si, algo sabía.

- Era un grupo bárbaro. Muy unidos, muy compañeros. Aunque después se hizo peligroso usar esa palabra. Tu mamá es una mujer muy especial.

- Decímelo a mí.

- Era la más despierta del grupo –añadió Mario mientras giraba los hielos de su vaso con el dedo índice-; escribía unos poemas que eran poderosos, eran de vanguardia, si los hubiera escrito un hombre sabríamos de él por los libros. Y también cuentos, yo pude leer dos o tres, también muy buenos.

- No sé si leí algo de aquella época.

- Lo que pasa es que el primer aprendizaje de una mujer es el de la simulación. Tiene que aprender a que no se note que lo es para que le den un espacio. Es como el pecado original que tuviera que pagar. Una vez que deja de parecer mujer, ahí puede tener su oportunidad. Bueno, ahora las cosas han cambiado, solo un poco pero han cambiado. Pero los escritos de tu mamá eran para trascender. ¿Escribe todavía?

- Escribe, si. No demasiado, o no me muestra demasiado, pero a veces se aparta del ruido en su rincón y no aparece por un rato, y escribe. Más de una vez la sorprendí volcada sobre un cuaderno de tapas azules que tiene, y traté de no molestar.

- Qué bueno.

Mario se quedó pensativo por un momento y Matías aprovecho para buscar con la mirada a Damaris, que ahora estaba detrás de la barra, asomada desde la puerta de la cocina. Repasaba con un trapo una bandeja que acababa de sacar del lavaplatos y todavía echaba vapor. Asomaba para conversar con Ana, que preparaba copas con azúcar en el borde para Sanfranciscos. Ana sonreía a algunos comentarios de su compañera, que replicaba las sonrisas a sus espaldas con carcajadas breves, cuya sonoridad se llegaba a colar entre la música grabada. Damaris volvió a entrar en la cocina y Ana levantó la mirada de la barra y en un instante la tenía clavada en los ojos de Matías, que escrutaba lo que sucedía, y que demoraron más de tres segundos en buscar otra zona del bar. Incómodo, paseó la mirada nerviosa por el local solo para no regresarla hacia la barra, todo era un esfuerzo enorme porque sus ojos no regresaran a los de Ana, que seguirían mirándolo. Comenzaban a ocuparse las mesas, la puerta había quedado abierta, unos tipos con pinta de ejecutivos trataban de levantarse a tres chicas y Ana seguía mirándolo, fijamente, con aire de reconvención, como un imán.

Era una linda mujer todavía, estaría cerca de los cuarenta, y por lo que la penumbra y la música dejaban ver conservaba su figura y sus atractivos. Además, lo miraba con un elemento que no había conocido hasta ese momento y que le resultaba íntimamente femenino. Luego, con el paso de los días, encontraría la palabra y la confesaría: autoridad, pero esa noche era misterio.

-   ¿Sabés? –interrumpió sus pensamientos Mario-, ahora que te miro tenés algo de tu mamá en la mirada, en los ojos, en toda esta zona.

Se señaló con el índice la parte alta de la frente y con el pulgar la parte baja de la boca, de izquierda a derecha y con un movimiento lento, como si determinara una verdad universal. Luego se quedó mirando la cara de Matías, que terminó por incomodarse.

-   Lo que viene a ser la cara, ¿no? –interrumpió el silencio y puso distancia-. Sí, me lo dicen a veces.

-   Sobre todo los ojos y la boca. La tuya es masculina, claro –se apresuró a aclarar-, pero la forma, y los ojos algo alargados, y como si estuvieran protegidos por un… no sé.

Mario señalaba ahora la cara de Matías, y estiraba el brazo hasta comenzar a agobiarlo; el chico levantó el resto de líquido que le quedaba en el vaso, una mezcla desigual de agua de hielo y la bebida original, y brindó para terminar la observación.

-   A la salud de la vieja.

-   Por Paula –refrendó Mario-, por buenos años y muchos.

Bebieron y entonces fue Matías quien buscó un tema para llenar la conversación hasta la música.

- ¿Y vos a qué te dedicaste? ¿Qué hiciste en París todos estos años?

Mario apuró el vaso hasta vaciarlo y buscó con la mirada el pantalón de Damaris sin encontrarlo; hacia la barra en general dirigió entonces un gesto extraño que dibujó en el aire, y que la camarera más joven no vio, pero Ana sí. Luego volvió su atención a la mesa donde la pregunta de Matías esperaba.

- Bueno —comenzó Mario-, lo que pude, como todos. Yo me fui del país en el setenta y cinco, lo que había era tremendo y lo que se venía no mejoraba en nada. Unos años antes todos pensábamos que Ongania se iba a quedar por un rato largo, y mirá lo que pasó. El viejo se había muerto casi un año antes, y había asumido Isabelita, o sea que era el Brujo el que manejaba la cosa. Yo había participado en algunas acciones, reparto de comida, de juguetes, incluso alguna otra cosa un poco más fuerte. Me tenían fichado los de la Triple A, ya habían ido a mi casa por un buchoneo, ya habían llevado a mi hermano. Yo estaba clandestino y la verdad, tampoco era el Che, ni siquiera llegaba a Santucho. Pero estaba bailando cuando entró la cana, ¿sabés?, y tuve que seguir. A mí lo que me interesaba era lo cultural, yo creía que la desigualdad, el miedo, el fascismo en general se cura con educación, con información. Ya sé, no me lo digas, me lo dije muchas veces desde aquella época, pero ¿qué querés? Es una creencia, o era, no lo sé. Yo estaba más por ayudar a los que peor la pasan, por educar a los pibes y que supieran que se puede vivir bien, o un poco mejor, que no hay que dejarse conducir, que lo único que tiene uno como propio es su pensamiento. Bueno, un día me vi escondido detrás de una pared, con una Beretta en la mano, dispuesto a disparar al que me disparaba desde un coche para no morir. Ese día zafé porque los dioses son grandes, de puro orto, y esa noche, tapado hasta la nariz, temblando todavía, me dije qué estaba haciendo, que ya estaba bien, que no tenía sentido, que se había terminado mi participación en esa sangría de ciegos. Y me fui, medio de querusa, agarré unas pocas cosas, llamé a un par de amigos y me las tomé. Pasé por Chicago, Argel y me subí a un barco y me bajé en París. No sé si respondí a tu pregunta.

- Y, no –dijo risueño Matías-, la verdad que no. Yo te pregunté de qué laburaste acá, pero si me querías contar todo eso, está bien.

- ¡Es verdad, tenés razón! Perdoname, quise empezar un paso más atrás y me fui por otro lado.

- ¡Pero está bien, eh!

- De acuerdo, pero te cuento, te cuento.

Lo que quería en un principio Matías era que Mario no se pusiera nostálgico, y menos con la figura de Paula. Ignoraba los detalles de su relación y quería que eso no cambiara. Pero la historia que le contó había despertado un halo de curiosidad, así que no se opuso más que un intento breve. Después, escuchó.

- Parame cuando te aburra –pidió Mario-, prometémelo.

- Listo.

- Bueno, yo supe con el tiempo que nuestro querido país es una fábrica de exilios, pero en ese momento me sentía único en mi desgracia. Casi único, en realidad, porque enseguida fueron apareciendo compañeros por Europa, con las mismas cuatro cosas que había podido rescatar yo y con noticias de muertes y de desapariciones a lo loco. Visto con la perspectiva de la distancia era verdaderamente terrible lo que pasaba allá. Te cuento esto para que veas que empezar de nuevo fuera de tu lugar es una experiencia enriquecedora pero también profundamente traumática, los días no se terminan nunca, el frío viene siempre a contramano, no entendés lo que la gente te dice, ni te entienden a vos. Y estás solo. En esa circunstancia tenés que buscar laburo, tenés que salir adelante, enfrentar las noches y la incertidumbre de tanta gente querida. Es terrible, ahora lo pienso desde todo el tiempo que pasó y me asombro de haber sido capaz de superarlo. O de aguantarlo, por lo menos. Nadie sabe el horror que pueden llegar a ser las horas.

- Claro, debe ser terrible.

- Y más en esa época, si yo era un pibe apenas. Ni siquiera había tomado las decisiones que me llevaron a ese punto.

Mario no puede reprimir un gesto de fastidio, como si por primera vez contara su historia, y por primera vez el fastidio tuviera la posibilidad de volverse gesto. Se rehace en un silencio breve, Ana se acercaba a la mesa con dos vasos.

- Bueno, en fin. Y acá hice lo que pude, Mati, di clases de español, trabajé de mozo, pero de terraza, todo el día parado y con el frio, de mozo duré un mes y medio. Después fui aprendiendo el idioma a los ponchazos, trabajé de cartero y después pude entrar de ayudante en una empresa de turismo, y poco a poco me estabilicé; los ochenta fueron una buena época en Francia, había más resguardo, más cuidado del Estado, más educación, en fin, ya empiezo a hablar como un viejo, mejor me callo.

Dejó de hablar y Ana, que esperaba a un metro de distancia, fingiendo prudencia pero atenta a las palabras, dejó dos nuevos Martinis sobre la mesa.

- Ya empieza el show –dijo, y miraba a los dos pero a Matías-; son argentinos, me dijo mi compañera, yo también, de la capital.

- Yo soy de Patricios –se anticipó Matías-, y mi amigo es de Buenos Aires, nacido en Trelew.

- De Rawson –corrigió Mario-; ¿qué Trelew?

- Bueno, del sur.

- Del sur sí, pero de Rawson, no de Trelew.

- Bueno, discúlpame, ¿qué diferencia hay?

- Mucha diferencia –se engranó Mario-, mucha, los de Trelew son todos…

Lo que iba a decir seria ofensivo, porque se contuvo a tiempo cuando miro la incomodidad de Ana. Nadie percibió el resoplo con el que acomodó el conato de furia.

- ¿Vos sos del interior? –preguntó disimulando la ultima ofuscación.

- De Flores.

- Como el papa -dijo Matías, con media sonrisa.

- Si, como el papa-respondió el gesto grave de Ana-, como Arlt, como muchos.

Matías acusó el impacto de las palabras y sobre todo del tono de la camarera y sintió nacer una vergüenza. Desde la mirada baja quiso rehacer su situación.

- Es verdad, como Arlt, y como Dolina.

- Bueno, pensé que hablábamos de escritores –dijo Ana.

- ¿Quién es Dolina? –preguntó Mario.

- ¿Hace mucho que viven acá?

- Yo estoy de visita, paro en casa de mi amigo, él vive desde hace como treinta y tantos años.

La miraba a los ojos por momentos, los que era capaz de soportar, y siempre regresaba a esa mirada dura, verde, imponente que lo escrutaba con interés desconocido por él. Sentía una repentina atracción, mezclada con una forma del temor que lo superaba, que era capaz de percibir en sí mismo pero no de controlar. Ana, por su parte, observaba a Matías con insidia, conteniendo como podía el desprecio standard por el compatriota, a la vez que intentaba descubrir la punta del ovillo que le permitiera desenrollar el prejuicio: jovencito, bebedor de alcohol, lindo, bien armado, vestido casual pero con cierto cuidado, el toque tradicional de la camisa blanca para poner marco a toda esa energía que le hacía vibrar la piel. Yo te conozco, pensaba Ana al mirarlo, vos sos de esos cancheritos, que se creen que se las saben todas pero arrugan a la primera contrariedad, no te voy a conocer. De memoria; podría decir cuál va a ser tu reacción si yo te digo algo, si me muestro sumisa, si te avanzo, si te agredo, sé exactamente lo que harías, porque te conozco, conozco a todos los de tu tipo, recién salido del cascaron de mamá y ya se piensan que son los dueños del mundo porque se tomaron un avión y aterrizaron en un folleto de turismo. Vas a ver. Vas a hacer lo que prediga.

- Qué linda te queda la camisa.

No se lo había propuesto, o mejor, se había propuesto probar con una suave agresión verbal, un maltrato al paso, tan común en los alrededores, pero dijo qué bien te queda la camisa. No sabía por qué. Ya no tenía que tragar saliva, como había previsto, ni recostarse sobre el respaldo de la silla ni bajar la mirada, o, si fuera de los activos, revolverse como un león y doblar la agresión, incluso con un ingrediente más allá de lo urbano.

Lo primero que hizo Matías fue levantar las cejas para recibir la sorpresa. Luego sonrió con un sonido gutural pero se detuvo ahí, para recobrar un poco el aplomo.

- Gracias –dijo-, tu uniforme también te queda muy bien.

Pero mientras lo decía se cuestionaba si era conveniente, sí, porque la única pieza que tenía idea de uniforme era una camiseta de mangas largas, no lo tomaría como una alusión directa a sus tetas, o como un torpe intento de devolver un piropo solo porque lo había recibido, o como una manera de quitarle importancia a lo que ella había dicho, es decir, evitar cualquier consecuencia que pudiera traer el coraje de la mujer de haberlo halagado, o si el tono había sido el correcto.

- Aquí el amigo es escritor –intervino Mario.

- ¿En serio? –se entusiasmó Ana-, ¡Qué interesante! (¿Por qué había dicho eso?)

- Sí, escribo –relativizó Matías-, si eso es ser escritor… (¿Por qué había dicho eso?)

- Me encantaría leer algo. (¿Había dicho eso?)

- Obvio, te lo hago llegar cuando quieras. (¿Qué había dicho?)

Si hubieran podido dar marcha atrás y recoger las palabras pronunciadas, sin dudarlo lo habrían hecho. Los dos. Por proponer sutil e involuntariamente un camino, por expresar la más profunda torpeza, por tópico, por las dudas. Habrían tirado si hubieran podido del hilo del tiempo y recogido las palabras anudadas, pero no era posible, ya estaban sobre la mesa, sobre los oídos memoriosos.

La incomodidad la salvó el menos esperado. Joselu subió su gorda figura al escenario y con dos golpecitos en el micrófono para llamar la atención y tres frases masculladas en un francés *franchement* lamentable anunció el show de la banda del momento: Allons tous ensemble chez IKEA.

Pop rock, pensó Matías, a ver qué tal. Pero no entendía lo que cantaban y durante el segundo tema comenzó a recorrer con la mirada el local, y tres veces encontró la mirada de Ana, bajo un foco de luz de la barra.

Diecisiete

Los había traído la amabilidad. La del trato de Paula y Mario varias décadas atrás, la del propio Mario de recibir a Matías, la de Matías de sacrificar una noche posiblemente memorable para no desairarlo, la de regresar juntos, haciendo migas. Esperaban el tren en un extremo del andén, la pantalla indicaba cuatro minutos para el próximo, dirección Marne – La Vallée, pero ellos estaban muy lejos como para verla, y con los sentidos dulcemente abotagados. Atentos a la oscuridad del hueco de las vías, al aire revolucionado, a los sonidos que pudieran anticipar la llegada del tren. Mario comentaba los puntos fuertes de la noche, la banda que no había terminado de gustarle, como a Matías, la perdurabilidad de los clásicos como la bebida hecha a base de extractos naturales de más de cuarenta hierbas aromáticas, el juego de las mozas, los cambios en la noche de París, que no vivía desde hacía algunos años. Mientras uno hablaba, el otro reconocía que a pocos días de haber llegado a la ciudad, ya no le era del todo ajeno el hombre detrás del nombre que había escuchado tantas veces durante su infancia. Las expectativas algo tenebrosas que traía habían caído ante la cordialidad cercana de Bertini. Pero quien rondaba el pensamiento de Matías era Ana. Algo había tocado alguna fibra durante la noche, podía ser la mirada de autoridad, la sonrisa que le llegó desde detrás de la trinchera de la barra, vaya a saber. Algo tenía esa mujer. Algo que desgarraba el prejuicio de la edad, y que la hacía diferentemente atractiva a la mirada de Matías. Le despertaba una curiosidad venérea que no tenía intención de dejar pasar, ni sabía cómo manejar. Mario hablaba del nuevo rock francés y Matías asentía, mientras planeaba cómo volver a verla. Volver al bar era lo más sencillo, lo obvio, simplemente regresar al día siguiente, tantear la situación, esperar a la hora del cierre. Mejor sería una vía más original, de más impacto, pero no tenia herramientas ni tiempo. Si se le ocurriera algo durante el día lo tendría en cuenta, pero en el andén decidió asumir lo sencillo como camino seguro.

- Hacía tiempo que no salía de noche –confesó Mario ya sentados frente a frente en el tren.

Hacía exactamente seis años y tres meses. Había ido simplemente quedándose, postergando semana a semana, aceptando a medias las invitaciones del grupo del trabajo e interponiendo sobre el final excusas frágiles. Una semana y otra, y la promesa de la próxima vez, y cuando la iniciativa era propia conseguía una tarde de cine como un triunfo que le dejaba el ánimo exultante y la percepción social colmada. Sintió la necesidad de excusarse ante el chico del maltrato que se imponía, las ganas de quedarse en casa que venían con el frio, las costumbres de la inercia que se van imponiendo, la fiaca, a veces ingobernable. La raíz que habría intuido Matías al hacerle la pregunta no era visible en la superficie, antes reptaba por las profundidades.

- ¿Nunca te casaste?

La hizo desde el precario afecto que ya le provocaba el hombre, casi de la misma edad que su madre pero más envejecido, y con hábitos de solo, espacios de solo, y también tiempos. Uno debe de volverse quisquilloso cuando envejece solo, pensaba. La pregunta cambió por un momento la expresión del hombre, que buscó en su memoria el hilo de la historia que ya no contaba. Desanduvo en segundos los hitos de su soledad, para llegar al principio.

- Estuve casado —relató-, algunos años. En realidad me casé grande, casi que caducó mi soltería. Durante muchos años estuve solo, con mis historias, por supuesto, pero con relaciones breves y superficiales, quiero decir, nada en serio. Y un día llegó que me casé con Giselle, una chica de Nantes, preciosa, que conocí en una milonga cerca del Pompidou, le encantaba el tango y apareció el argentino que la hizo suspirar, ¿viste? Era buena gente, Gise, le tengo una buena memoria. Era unos años menor que yo, pero era una mujer de bien. Nos casamos naturalmente. Y la historia fue digna de un tango, de esos antiguos, de historias increíbles. Seis meses después de casarnos, yo tengo que viajar por trabajo a Lyon y ella viaja el viernes para que pasemos el fin de semana juntos por el sur; una rueda que rompe el eje, un árbol demasiado cerca de la ruta. No pude más que ir a verla, sin despedirla.

- No sabía —dijo Matías-, lo siento.

- Hace tiempo, ya. Lo cierto es que me lo tomé con bastante filosofía. Tengo el cuero ya hecho a las pérdidas. Pero aunque con el tiempo tuve otras historias, nunca más volví a casarme, ni a tener nada medianamente trascendente. Uno se va acostumbrando a la soledad, se va acomodando. Es cierto que no es lo mismo que a los treinta, pero a esta edad la soledad termina por ser un premio. O será que uno al final conoce la potencialidad de los grupos humanos.

- Pero una mujer es…

- Una mujer equilibra —admitió Mario-, es cierto, y nos lima las aristas de las pelotudeces que pudiéramos mandarnos, que suelen ser muchas. Pero parece que con el vivir se nos va ganando el rigor premortis, y nuestros engranajes necesitan otros que encajen con exactitud. Y la exactitud, como la perfección, es un concepto, en la realidad no existe.

- Yo no creo que sea así –dijo Matías, pensando en lo suyo-, bueno, no sé con la edad, pero en realidad uno tiene que abrir su cabeza, no quedarse en las estructuras que nos imponen, ni en los roles, hay que ser flexible.

- Mientras se puede, sí.

- La edad, por ejemplo, no tiene nada que ver. Vos te casaste con una mujer más joven, que es lo más común, pero también puede darse a la inversa, y tampoco está mal.

Antes de que cada uno hablara de un tema diferente, la estación de Vincennes vino a interrumpirlos. Antes de acostarse, no pudo resistir la tentación de comentarlo.

- Al final, elegiste un buen lugar. Lindas las mozas, ¿no?

- Si, y qué éxito, nene. Muertas las dos.

- ¡No...! , ¿qué decís?

- Dale, primero la mexicana, y al final...

- Nada que ver, Mario, no digas pavadas. La mexicana me odió desde el vamos. Y Ana, nada que ver.

El hombre lo miró, se pasó la mano por la mejilla, buscó las palabras precisas.

- En realidad, lo que quiero decirte es que todo lo que dije antes no era proselitismo, era más bien una suerte de testamento. Son conerías que hablo para justificarme. Quiero decir, Mati, que hay mejores opciones que la soledad. Mi vida se dio de una manera en particular, nunca me dio la oportunidad de querer largo, y yo lo acepto y sigo adelante, y trato de disfrutar de lo bueno. Y a estas alturas es difícil darlo vuelta, pero no quiero que lo tomes como la opción feliz, no te quedes en vos.

Matías acompañó con asentimientos el sinceramiento de final del día de Mario, y hasta aceptó el abrazo breve que le propuso. Mientras contaba los segundos pensó que se había olvidado de buscar el pasaje del tren a Colonia.

Dieciocho

Aunque caminaba por primera vez por ese lugar del planeta, por esas calles nuevas a sus ojos, ya no era un turista en París. Había dejado atrás el paso bobalicón y la mirada alta, que escruta cada rincón de la arquitectura y del pavimento y de las vidrieras, pensando en las historias que contará al regresar a su cemento conocido, hecho una persona más importante, con más mundo. Ahora su pensamiento estaba despierto, hacia adentro, y hacia las palabras que diría, la situación que provocaría, sobre todo en no hablar de más como la noche anterior, ni de menos, como la noche anterior, curiosamente. No era nada fácil el equilibrio si lo pensaba.

No sabía qué era lo que lo atraía, ella al final era medio jovata, una mina ya con años, demasiado flaca, y con el pelo corto, y a él le gustaban las mujeres con el pelo largo. Pero había algo que no sabía definir, que estaba en la mirada, en la manera de moverse, en la manera de pronunciar las palabras, algo ajenas a ella misma. Aunque no supiera explicarlo estaba ahí, sobre la vereda del boulevard Sébastopol, sin parar de caminar para que el primer frío intenso no le ganara el cuerpo, pero sin acercarse demasiado al bar, no fuera que se la encontrara antes de tiempo.

Cuanto más tiempo pasaba, menos estaba en la ciudad que caminaba, más en su pensamiento y en el momento de volver a verla, y sobre todo, en el momento de que lo volviera a ver. ¿Cómo reaccionaría ella? Un sencillo gesto de fastidio que hiciera a lo lejos, aunque fuera una impostura, lo condicionaría hasta el punto de irse sin hacer el intento, una retirada veloz y que el tiempo le hiciera olvidar su cara. En cambio si sonriera, entonces sí que no sabría qué hacer. Sabía que no iba a intentar ninguna estrategia estrambótica, ni se inventaría una historia inverosímil para conseguir estar con ella; al enemigo había que suponerle el coraje y la malicia, mucho más cuando era mujer y estaba rondando los cuarenta.

Ya estaba oscuro el cielo cuando el aburrimiento y el frío que empezaba a apretar lo llevaron frente a la puerta de cristal y el nombre tallado en madera, iluminado en neón: La Ruelle. Un cartel improvisado anunciaba la actuación musical de la noche, Sauvage Amanda, con una foto de tres jóvenes vestidas estilo Chanel e instrumentos musicales del rock. Dentro, el ambiente no se había encendido aun, y fue Damaris la que primero lo vio, y la que después de un movimiento de cabeza a guisa de saludo, giró un cuarto su cuello y dijo un nombre breve que tapó la música. Unos segundos después, Ana asomó desde la cocina con gesto interrogante y a la indicación de su compañera dirigió la mirada hacia la puerta, donde Matías esperaba una sentencia.

Qué alivio, sonrió.

Y qué problema, ahora qué diría. Pero pronto todo fue pareciendo más sencillo, porque Ana había sonreído francamente, profunda, ampliamente, limpia, buenaventuramente. Sin voz y a lo lejos dijo Hola, y Matías lo repitió. Calladamente y acompañando la invitación con la mano palma arriba dijo sentate, y Matías gracias y se sentó. La mesa que eligió estaba en medio de la sala, a suficiente distancia de la barra como para retenerla un momento si fuera necesario, o huir. Aunque no sería necesario.

Ana se acercó un minuto después, aunque era Damaris quien se ocupaba de la sala en ese momento.

- Hola -lo saludó-, ¿de nuevo por acá?

- De nuevo.

- Qué bueno. ¿Qué vas a tomar?

- Un Martini, con hielo, por favor.

- ¿Algo más?

- Pasar a buscarte a la salida.

- ¡Qué directo, nene! –se sorprendió Ana-, vas rápido, ¿no?

- Es que son medio caros los Martini, acá.

- Bueno, te traigo la bebida y vemos.

Mientras ella regresaba a la barra y le pedía a su compañera que le preparara el pedido, Matías se permitió pensar que por segunda vez no lo había mandado a la mierda. Un pequeño triunfo nuevo, un paso más sin caerse. Ana, acodada en la barra, miraba a veces hacia la mesa de Matías, decidiendo si le daba lugar para después del trabajo, midiendo si realmente le apetecía. Un pibe, eso es lo que era, al fin y al cabo. Con sus ventajas y sus inconvenientes, que no estaba segura de tener la paciencia de aguantar. Damaris intuyó la duda y la miró con un mensaje clarificador, vestido de pregunta.

- ¿Tienes algo mejor qué hacer, manita?

Desde la mesa, donde había comenzado a encorvarse y a impacientarse, al tiempo que la respuesta a ganar importancia, Matías miró la cara de Ana agrandarse en el camino hacia él, tratando de leer su futuro. El gesto adusto de Ana le provocó un leve temblor vertebral, que soportó con entereza. Solo sonrió cuando ella lo hizo, justo después de dejar el vaso sobre la mesa y antes de pronunciar las palabras que luego resonarían en el pensamiento de Matías durante las siguientes horas.

- Salgo a las tres, esperame en la puerta y vamos, hay un lugar muy lindo para tomar algo por Rivoli.

Hizo durar la bebida todo lo que pudo, disfrutando del triunfo que parecía dársele, y casi llegó al show de las once, pero después de casi dos horas el agua de deshielo ya no tenía nada de alcohol ni de sentido, y prefirió caminar.

- Esta la paga el jefe –le dijo Ana cuando pasó por la barra, antes de salir-, y espero que no se entere nunca, porque es más rata…

Un guiño fue la estudiada respuesta, antes de volver a la calle.

A las tres menos veinte estaba en la esquina de La Ruelle. Había caminado lo más lentamente que había podido, y así y todo era demasiado temprano. La noche de octubre no permite andar desprevenido, y es mejor tener un lugar donde refugiarse si la espera va a ser larga. Pero Matías no lo sabía, y se dispuso a esperar junto a una farola, a unos quince metros de la entrada del bar.

La fortuna le sonrió unos minutos más tarde, cuando todavía su cuerpo no había sido ganado por el frio, y Ana asomó la cabeza a través de la puerta del bar y lo descubrió debajo de las tres luces.

- Menos mal que me fijé –exclamó-, vení, pasá.

- Pero si no hace tanto frío –se justificó Matías, mientras se acercaba-, no hace falta.

- ¿No hace falta? Dale, que tengo unos cinco minutos todavía antes de salir.

El bar estaba apagado, y parecía un local cualquiera, los fluorescentes encendidos le daban el aspecto desangelado de almacén suburbano. Se quedó junto a la columna, incómodo, no sabía qué hacer con sus manos ni hacia dónde mirar. Una Damaris diferente a la de hacía unas horas, de piel pálida y cansada a la luz del final de la jornada, le dedicó desde lejos una sonrisa cómplice. Más incómodo aun, comenzó a andar lentamente hasta el escenario y vuelta a la columna, fingiendo interés por las mesas, los pies de micrófono, la iluminación. A la segunda vuelta, miraba el reloj con sorpresa, le parecían quince los cuatro minutos que habían pasado desde que había entrado. Tal vez habría sido mejor la intemperie.

Ana cumplió su promesa y llegó puntual a rescatarlo de su rigidez.

- Disculpame —dijo sin embargo-, tenía que preparar unas cosas para mañana.

- No hay problema, no tardaste nada.

- ¿Vamos? Pensé que mejor que ir al lugar ese era pasear, que todavía no hace demasiado frio, y ya estoy harta de estar encerrada.

- ¿No hace demasiado frio? —se sorprendió Matías.

- Creeme, no hace demasiado. Te quiero ver en enero con esa camperita de nada que tenés. Pero si caminamos vamos a estar bien.

Nadie conoce del todo la noche de París. Ana y Matías fueron construyendo la suya por las veredas heladas de la madrugada, él asumiendo poco a poco el frío en la piel, mientras ella relataba los hitos de los últimos años, estratégicamente seleccionados. En Arts et Métiers encontraron un lugar abierto, donde recuperar un poco de calor, comer un sándwich a deshoras y tantear la confidencia. Tan lanzado que iba, pensó ella, y ahora miralo, no puedo esperar más, pensó él y pronunció las palabras necesarias para que las bocas se encontraran.

Después no importaron ni el frío ni la hora, ni los nombres, caminaron las calles solos, compartieron las tibiezas de la sangre, no dejaron una esquina sin besarse, avivando la llama de la noche larga. A las historias le sobrevino el deseo, los detalles nuevos de los dos: los ojos de miel clara de Ana, la sonrisa de Matías, las manos que se encontraban y jugaban y rozaban los cuerpos por descubrir, un brazo era una playa por explorar, la cintura un puerto donde amarrarse, cuerpos verdades que se buscaban sin necesidad de desencadenar la prisa.

Se sorprendió Ana cuando el paisaje fue ya barrio, donde el Boulevard Magenta cambia debajo de un puente a Barbés; tanto por contar, tanto por besar, el camino se había diluido con el tiempo bajo sus pasos. El resto del camino fue la vida de ella, acá almuerzo a veces, acá hay una feria los miércoles, acá venden celulares digamos baratos. Al girar en Ordener la historia se detuvo, y los silencios comenzaron a ser más largos, más espaciados los besos, lo suficiente para decidirse, para entenderse las ganas; pasar la noche juntos era una opción promisoria desde que Matías había entrado en el bar, pero en estos juegos la última carta es la que decide la mano.

- Ya casi llegamos –dijo al pasar por la plaza Jules Joffrin.

- ¿En serio? ¿Tan pronto? –ironizó él.

Habían caminado la mitad de la ciudad.

Unos metros antes de girar en la calle Letort, los dos repararon en un bulto de papeles y trapos extendido sobre la madera de un banco. El linyera se removió justo al pasar ellos a su lado, y Ana tuvo un sobresalto que Matías supo contener a tiempo, un abrazo y el cuerpo interpuesto.

- No pasa nada, debe estar incómodo.

- Sí, estoy bien, no te preocupes.

- Igual, pobre tipo, ¿no? –siguió Matías-, con la noche que hace y pasarla afuera…

Ana se sonrió un segundo, y siguió. Matías comenzaba a tantear seriamente las cartas, y tenía claro su interés. En ella pendulaba su decisión al ritmo de la lucha entre sus deseos y sus miedos. Si en Marcadet la noche iba a ser memorable, en Poissoniers la ganaba la pavura y mejor lo veo mañana, veremos si da para tanto, en una de esas el pibe no aparece y mejor, pero dos calles después planeaba el ritmo de paso por los botones de la camisa e imaginaba la piel del pecho tirante y suave, la fragancia vivificante de la juventud, la forma del tórax masculino, el recorrido de sus propias manos. Por eso casi no hablaba, por eso Matías interpretó distancia, y puso sobre la vereda que caminaban una insinuación ciertamente timorata, y comenzaba a presentir la soledad del regreso a los suburbios de Mario, los ojos resecos de la madrugada y el frío prolongado. Unos pasos antes de la puerta roja debajo del número treinta y siete, Ana no tenía una decisión que ofrecer.

- Es acá.

Matías miró alrededor buscando un bar abierto donde postergar la casi segura despedida, un rato más de su piel, una vez más de reflejarse en su mirada. Buscaba palabras que pudieran convencerla a la vez que pensaba que lo que no evoluciona mata, que otro bar, otra hora serían como un estanque de agua que pierde la razón de ser y gana el olvido a cada segundo. La única salida diferente de volver a casa de Mario era saltar a la incertidumbre, arriesgarse deliberadamente.

En un momento el pensamiento se extinguió, y lo que luego recordaría a partir de ese punto es una negrura muda, un ahogo de su boca que terminó cuando encontró, la de Ana, y fue bien recibida. El beso del fuego los regresaba al camino que hacían, y el movimiento guió su palabra. Dejo atrás las estrategias tejidas durante el paseo y se entregó a la corriente de su sangre. No lo preguntó, como venia planeando, no eligió un tono preciso para decirlo, tampoco lo exigió, sino que fue una consecuencia natural del encuentro de los dos, en esa noche, a esa hora en la que están a punto de salir los primeros trabajadores de la mañana. La naturaleza habló en su voz.

- Vamos.

Ana sonrió a sus zapatos y abrió la puerta, palpitando el esplendor del sol que estaba a punto de asomar.

Diecinueve

Se escapa, ella hace valer su sabiduría acuñada en noches de sábanas humedecidas no siempre por el placer, retrasa el beso horizontal, la gravedad sobre la ropa. El ya corre a lomos del fuego, y su voluntad de quemarlo todo de una vez intenta imponerse. Pero ella lo retrasa todo, hasta el límite, una vez más cuando él piensa que ahora. Ella disfruta, se enciende primero con la sumisión de él, con la aceptación de sus reglas de juego, después con su rebelión, hasta aquí llegamos. El que jugaba a sumiso ahora somete, rompe los límites, decide que todo. Luego volverán a invertirse los roles, ahora él desgarra las fronteras, elige no adivinar la forma de ella bajo el algodón, desata la urgencia. Por qué no, piensa ella, pero antes de que levante el vuelo vuelve a dominar, a desacelerar la sangre, y el presente lento se superpone al futuro veloz, solo por jugar. Y él vuelve a aceptar el nuevo viento, que vuelve a empujarlo a un escalón más alto, un nuevo llano y el nuevo vuelo que se aproxima, la escalada que ya no podrá evitar la última, la ingravidez de su temblor final que no puede esperarla ni un instante más.

Cosas de chicos, piensa ella, y todavía no exige. Enseguida tiene su respuesta, la tranquiliza, cosa de chicos. Antes de que revirtiera su comprensión, naturalmente, el chico de las cosas se rehace y asume la caballerosidad de la que no había podido hacerse cargo. Tiene resto y Ana tendría que esforzarse en recordar la última vez que algo semejante le había sucedido pero no lo hace, los minutos que vienen son promisorios. Cosas de chicos, piensa.

El sol ilumina toda la habitación cuando ella consigue dormirse, de espaldas a él, que hace tiempo que lo hace. Sentado en el balcón, al otro lado de la ventana cerrada, Gastün observa y espera, y agradece infinitamente el sol de octubre.

Veinte

Venía de navegar contracorriente por un río bravo, de remar con las fuerzas al límite y apenas salvarse de que la corriente la arrastrara. Por eso se despertó agitada, y se alegró de no estar sola. Aunque ese chico que había llevado a su casa dormía como si no hubiera cometido ningún error en su vida, la presencia de un cuerpo tibio respirando rítmicamente, palpitando a su lado era una buena orilla para su sueño agitado. Recuperó el pulso y se duchó, con la sensación de buena mañana.

Matías estaba despierto cuando salió del baño, tapado con el edredón y boca arriba, la mirada vivaz en el techo. Al verla en la puerta de la habitación saltó de la cama como un puma, la besó en la boca con un beso apenas demorado y entró veloz al baño, ya libre.

El beso de después fue largo, intenso, y luego de un juego de no y si, los llevo de nuevo a la cama, a un luminoso sexo de inicio del día. Fue revelador para Ana, que nunca había recibido hombres en su casa, y no tenía claro como seguía la historia, y tenía razones válidas para seguir ambos caminos. La decisión de Matías le había gustado, y le había ayudado a decidir por donde dejarse llevar. Probablemente una indecisión de él habría terminado por una elección de ella, en sentido contrario. Ahora con sonrisas desayunaban, ya habían dejado entrar al gato, y comentaban entre timidez y exageraciones lo encantados que estaban de haberse conocido. Ella con cierta distancia, dejarse llevar por los vientos de las sábanas era una etapa superada con la adolescencia; él, dispuesto a aceptar cualquier historia que la vida le pusiera delante y que incluyera el sexo.

Aun se medían las distancias cuando al terminar el desayuno Ana se asomó al balcón para confirmar el cielo, que asombraba de otoño azul celeste, casi sin nubes en lo que el recorte de los edificios le permitía ver. Calculó cuanto tiempo hacía que no paseaba por la parte alta del barrio, un barrio de callecitas empinadas y empedradas, escaleras e historias de siglos diferentes, pero sobre todo del cambio del XIX al XX. Le fascinaba pensar que la observación de esas calles había sido parte de la concepción del impresionismo, y ámbito de tantos pintores admirados que conoce todo el planeta. Cuando estaba recién mudada al piso de la calle Letort paseaba con frecuencia por la colina, pero poco a poco fueron hartándola los turistas permanentes, los artistas de impostura. La subida había ganado entonces la categoría de excusa para espaciar las visitas, y cuando miraba el cielo para percibir el día hacia sin hacer demasiadas cuentas cuatro meses que no subía.

- ¿Ya estuviste en Montmartre?

Lo que vio Matías fue la figura de Ana apoyada contra la baranda del pequeño balcón, recortando los edificios del otro lado de la calle, y sonriendo inquisidora.

- No, en realidad –mintió, por seguir el juego.

- Preparate que te invito a pasear.

Subieron por la vereda oeste de Letort y después por Mont Cenis, hasta que la calle fue convirtiéndose en escalera, primero un tramo, luego dos, finalmente los cuatro largos que desembocan en el empedrado de la butte de Montmartre. A las dos y cuarto de la tarde los turistas llenaban las terrazas de bares y restaurantes, formaban colas frente a las creperías, compraban recuerdos estrambóticos para presumir de viaje. Ana esperó hasta que llegaron a la explanada de la iglesia blanca du Sacré

Coeur, y tomó la iniciativa y la mano de Matías. Anduvieron de la mano entonces, bajaron las escalinatas, hicieron la primera foto juntos con el teléfono de ella —es de las pocas cosas que conserva del tiempo que pasaron juntos-, y luego siguieron hasta Pigalle. Cada paso del ascenso y cada paso del descenso forjaban una metáfora involuntaria de hacer un camino juntos, las dificultades del inicio, el apoyo para el esfuerzo, el logro obtenido, el descenso irremediable. No era eso lo que buscaba Ana, que venía de decepciones como todos, pero pensándose única. Cuando llegaron a Pigalle el cielo se había encapotado sin que se dieran cuenta, y la lluvia los sorprendió con muchas palabras por salir aun, de modo que se sentaron en un café con toldo y pidieron dos noisettes y Matías no le dijo que ya había recorrido el barrio, un par de veces. Lo ocultó intencionadamente, pensando en que la noche había sido algo más, en que deseaba volver a ver a Ana esa misma noche, en que su estancia en París se prolongaría, al menos unos días. Planearon el resto del día, y supusieron algunos otros más adelante, para visitar el canal Saint Martin o Belleville, o una excusa menos importante, y Ana estuvo casi de acuerdo en que pasara a buscarla por La Ruelle al terminar el trabajo. Matías lo deseaba desde que había salido del departamento.

- Qué apuro… -objetó Ana-, no te parece que estás planeando demasiado.

- Son unas salidas – se defendió Matías-, turismo de primer año.

- Sí, claro. Antes de seguir quiero que te quede clara una cosa – advirtió ella-, yo no busco nada en especial, quiero decir, una relación.

- ¿Una relación?

- Si, vos sabés de qué hablo. Yo estoy recomponiendo mi vida de a poco, y podemos pasarla bien, todo lo que quieras, pero yo no busco nada.

- Entiendo —dijo él-, creo que entiendo. Y tranquila, que yo tampoco busco nada. En unos días sigo mi viaje, no te olvides.

Ana lo miró en lo profundo de los ojos, pero ya quería creerle desde antes de sus palabras. Y también creerse. Unos segundos de calcular su sinceridad y luego cedió en un acuerdo reflexivo, que cerró con una nueva sonrisa.

- Quería que lo supieras.

- Por supuesto.

- ¿Pasás esta noche, entonces?

Luego se besaron por encima de la mesa, como si no se hubieran dicho la verdad.

Cuando el cielo se despejó ya era hora de regresar, cada uno a su lugar, hacer acto de presencia y seguir buscándose. Anduvieron el boulevard Clichy con paso lento todavía, estirando el tiempo lo que podían, y en la puerta de los cines Pathé ella dijo subo por esta, y él te acompaño, ella mejor no, andá así te cambias, después nos vemos, te paso a buscar, quedamos así, te espero a que salgas, golpeá así te hago entrar, que a esa hora va a hacer frio. Se besaron demorando el beso y después ella subió por la Avenida, y él bajó por la calle. Se miraron dos veces a lo lejos, y cuando se disipó la vibración de la piel Matías no tenía idea de cómo ir hasta el departamento de Mario. Había llegado a Opéra.

- Vivo en París —dijo en voz alta. Y no contuvo la risa.

Veintidós

Ya sé lo que me vas a decir, que no sea tan dura con el chico, que deje de poner ladrillos en las puertas, o que no me olvide de las ventanas. Ya sé que sos naturalmente sabio, no hace falta que me lo repitas con esa mirada filosa y tiernita que tenés. Para vos es fácil. No tenés que hacer nada. En verano te vas por ahí sin preocuparte más que por pisar sobre firme en los techos, andá a saber cuántas enamoradas tendrás por el barrio, y en invierno te acomodas en tu rincón o en la cama o encima del armario y desde ahí observas los días, calentito de estufa cotidiana, de lana tejida. Y ellas, esperándote, ¿no? Y soy yo la que tiene que enfrentar el frío y los idiotas. Si, tenés razón de nuevo, este chico no parece idiota, pero no te olvides de que es hombre. Tu caso es diferente, vos seguís tu instinto. No sé si Matías… Pero mirá vos, ¡como hacés que me justifique! ¡Lo único que faltaba! No tengo ganas de empezar de nuevo. No tengo el cuerpo para otra vez los jueguitos, las medidas, los cálculos, las ilusiones; siempre salimos perdiendo nosotras. Además, ¿vos me ves con un chico de veinticinco años? Claro, *pourquoi pas*, vos siempre con tu *pourquoi pas*. Siempre me enganchás con eso. Pero esta vez tengo razones, tal vez no sea capaz de explicarlas, pero tengo razones. Las tiré al río hace unas semanas, las razones. Estoy bien sin complicaciones, estoy fatigada, tengo poca cuerda. No me siento capaz de ofrecer el margen que se necesita en una relación. Y estoy bien tomando decisiones yo sola, no necesito nadie que me cuestione, ni siquiera vos, que no hablás y no dejas de decirme cosas. A vos te aguanto porque te quiero, y te quiero porque me escuchas callado, porque me pedís caricias y recibís siempre las que tengo para darte, porque aunque parece que me cuestiones yo sé que me entendés. En el fondo me entendés. Sos el único. Ojalá fueras los demás. Ojalá los demás transitaran este silencio de dulce indiferencia casi permanente, y me dejaran ser en soledad, lamerme las heridas que están vivas, que son cada vez menos, y me acompañaran sin opinar, sin meterse. Tenés razón, este chico no opinó, pero no sé, lo veo tan suelto que es capaz de querer quedarse, de pura fiaca, de pura quietud. Me hace acordar a Omar, te conté varias veces, callado, dulce, atento, pero iba a remolque, se dejaba llevar por el azar, que durante un tiempo fui yo. Era fácil estar con él, pero enseguida fue como un mueble liviano, que se acomoda sin dificultad pero al final termina por estorbar. Y a este Matías lo veo así, también, le da casi igual estar acá que en Torino, que en Ámsterdam, que en Bangkok. Mientras no sea Buenos Aires para él el mundo es posible. Y yo no estoy para espabilar chicos, sabés, yo quiero mi espacio y mi tiempo y mis camisas colgadas con espacio. Tengo que cambiarte el agua que está sucia; ¿El te la cambiaría cada vez? ¿Qué hacés? ¿Te lavás las patas en el agua, vos? Ay, Gastün, con lo bien que estamos vos y yo tranquilos, y tiene que aparecer este bombón de juventud animal a rompernos la rutina. Porque, ¿viste lo que es? Ya que estoy te cambio la comida, que como lleva un día vos ya no la comés. Mirá que sos fino, ¿eh? Mirá qué pretensiones de novedad que tenés, ¿eh? Bueno, vos también tenés derecho.

Veintitrés

Caminando por los túneles que ya repetía, una vez definido el camino hacia el piso de Mario, Matías pensaba que, aunque la piel de ayer sentía la ropa de ayer, le habría gustado quedarse a pasar el resto de la tarde con las cosas de Ana, los hábitos de Ana, las horas de Ana. Sentía al alcance de los dedos una vida de otra dimensión, en una ciudad distinta, un mundo que era tan ancho como las posibilidades de su vida, y que descentraba su universo de su barrio, era posible existir y desconocer absolutamente donde quedaba la cancha de Huracán.

Ella también habría preferido que se quedara, estaba tomándole el gusto rápidamente a esa forma de la tibieza que era Matías. Seguramente no envejecerían juntos -sobre todo porque ella empezaba a sentir cada vez más cerca la conciencia de la vejez y él ni siquiera era consciente de que, si tenía suerte, alguna vez envejecería-, pero le daba liviandad la perspectiva de pasar un futuro a medida en su compañía. El sentimiento había sido casi intuitivo, y eso la atraía y la espantaba.

Una cosa que le atraía eran las palabras. Hablar con Matías era recuperar la identidad del lenguaje, los giros, las complicidades. Había incorporado una nueva lengua a su vida, por azar y por necesidad, y conocía el significado de las palabras en francés, pero eran palabras huecas, como piezas de un juego que jugaba por obligación, un código aprendido que le era útil para hacerse entender. Pero las palabras en francés carecían de poder, del poder del profundo significado, de ser entendidas con la médula de su identidad.

El lenguaje que aprendemos cuando nos aprendemos es necesariamente una parte de las cosas que significa. Ana entendía el significado de la palabra pomme, y conocía que coincidía con el de la palabra Apple, apfel y afal, pero solo se le hacía agua la boca cuando escuchaba pronunciar la palabra manzana. Sin recordarlo, la había escuchado en la voz de sus padres, cuando le ofrecían una fruta y ella aun no era capaz de pronunciarla, de sus maestras, que la orientaron en el aprendizaje de sus letras, de sus compañeros, amigos, amores y amantes en tiempos de conversación o de piel compartida, y cuando supo de la existencia de esas otras palabras, ya no pudo más que incorporarlas como código, con un valor de significado reducido a lo racional. Es probable que sucediera en Ana, y ella sentía algo así después de tantos años de vivir en un ambiente extraño a su origen lingüístico, que por nombrar las cosas con nombres adquirido no lograra satisfacer su necesidad de expresión. Explicar sus sensaciones, sus sentimientos, insultar a quien eventualmente la agredía en la calle, decir a alguien que lo quiere. Todas las rutinarias expresiones de su pensamiento y de su sentimiento las hacía a través de un código adquirido, de jugar a entenderse; cubría su necesidad de comunicarse pero no la de expresarse.

Eso le resultaba atractivo de Matías, que hablaba en el idioma que la emocionaba. A veces se deshacía mucho tiempo en su memoria cuando él utilizaba algunos términos, que le gustaba escucharle pronunciar, y el regreso del significado era instantáneo. Matete, balurdo, falluto, no eran palabras contemporáneas de Matías, ni de Ana, pero el territorio compartido las habían hecho coincidir en ambos lenguajes. Entonces, articuladas en el aire de la ciudad lejana, fueron chispazos de complicidad, de historia común.

Lo otro era la juventud. Qué pocas mujeres se atrevían. Tener como pareja a un hombre más joven tenía connotaciones negativas, perjudiciales por supuesto para la mujer. Lo mismo que tener uno mayor. Si en el segundo supuesto la mujer era una aprovechada, vividora, abusadora de varones indefensos ante su sexualidad, en fin, una puta, en el primero era lo contrario, una tigresa, una ninfómana, una abusadora de menores indefensos ante su sexualidad, una puta, al final. Uno de los escasos ejemplos en el que los contrarios son iguales. Afortunadamente, la ciudad era lo bastante indiferente como para construir indiferencia, de modo que Ana no se inmutaría si alguien dijera algo, cosa poco probable. La juventud de Matías tenía en el vigor una ventaja notoria, pero lo que más le atraía era que había asumido su papel de aprendiz, de seguidor, y que por una vez dominaba la situación. Y el dominio general le aportaba excitación al dominio en la cama, cómo negarlo.

Habría preferido íntimamente que se quedara y repasaba en silencio sus ganas, mientras Matías giraba sin mirar en otro túnel, elegía la boca adecuada para sentarse por fin en el último vagón y bajarse recién en Chateau de Vincennes. Si se hubiera quedado seguramente estaría desencadenando otro grito, maldito Mario, maldita cortesía que le habían enseñado en casa.

Al llegar abrió la puerta con sigilo, intentado no llamar la atención de Mario, que parecía dormir en el sillón delante del televisor encendido. Cerró la puerta con minucia, y midió el sonido que producía cada paso en puntas de pie sobre el parquet, hasta encerrarse en su habitación. Recién salió al cabo de dos horas y media.

Durante ese tiempo había dormitado un rato, poco más de una hora, el resto se había recreado en las imágenes que le habían dejado las horas de Ana. Al regresar al comedor, no había regresado del todo a la realidad aun. Mario leía en un sillón junto a la ventana, los anteojos apoyados en el abismo de la nariz, los ojos más en la ventana que en el libro, abstraído. Solo el saludo al pasar de Matías lo sacó del texto, al que regresó enseguida siguiendo con el dedo las siguientes tres líneas, hasta el próximo punto aparte.

- ¿Dormiste algo? –preguntó mientras cerraba el libro con el marcador.

- Poco, dormité un rato pero llevo despierto más de media hora.

- ¿Querés tomar algo? Un café…

Matías se vio venir la hora de confidencia, o la de interesarse por cómo iba el viaje, o dónde pasaba las noches, y detrás de las buenas intenciones de Mario veía las mejores intenciones de Paula, y cierta desgana en la voz de él. Peligro, pensó, e improvisó la excusa más trillada del universo en lo que a huidas se refiere.

- Después me tomo algo, ahora voy a dar una vuelta.

Sin darle tiempo a reaccionar, abrió la puerta y salió con una despedida apurada, y sin darse cuenta de que no se había guardado las llaves. Decidió caminar por la calle que le resultara menos conocida, la que le diera un paisaje nuevo, y ahí fue, las manos en los bolsillos y la mirada que iba unas cuantas baldosas por delante. Ana permanecía en su pensamiento y prefería disfrutarla en soledad antes que cualquier otra cosa interfiriera en su goce.

Al menos podía contar con su habitación, para estar a solas si el frío arreciaba, y con el respeto de Mario que tenía unos límites para la obediencia a los mandatos de Paula. Más tarde le daría algo de material con que alimentar la curiosidad materna. Ahora quería organizar los detalles para encontrarse con Ana, salir sin que Mario quisiera pegársele, llegar a tiempo y fresco para estar a la altura, no perderse en la ciudad que desconocía.

El cielo estaba cubierto pero con algunos huecos de nube por donde el sol hacia apariciones pasajeras. Pero qué bien cuando se pegaba a la piel el calorcito que el otoño le dejaba. Pero qué buen lugar las orillas del bosque si no corría el viento, como alguna vez debía de suceder. Pero qué bien que el banco estuviera libre para sentarse el tiempo que quisiera a planear la noche. Aguantó unos siete minutos sentado, pero el sol era demasiado esquivo, y el viento demasiado obcecado, y el frío fue ocupando el pensamiento de Matías, desplazando de su sitio sus planes de Ana. Caminó un rato, pero no lo consiguió. Pensaría mejor en su habitación.

Esta vez el anfitrión no intentó la charla. Desde su butaca le renovó la oferta de un café y ante la nueva negativa siguió leyendo un libro del que le quedaban unas doce páginas para terminar.

Recobrada la soledad, Matías perdió su tiempo en planear miradas, palabras, virtudes. La moza se le había quedado en la memoria de los ojos y le bastaba cerrarlos para comenzar a imaginarla sin proponérselo. El cuerpo de Ana en la penumbra, un movimiento lento, el arco de la espalda; la memoria y la imaginación eran la misma energía, e imaginarla era casi simultáneo a presenciar el nacimiento del deseo.

Repasó una y otra vez las frases con las que justificar su presencia si Ana prefería disimular ante sus compañeros, las excusas, lo que quería contar de su vida y sobre todo lo que prefería callar. Repitió datos, definió los escritores que le gustaban, que siempre dan imagen, y algunos que denostar, que la refuerzan. Definió la hora de salir del departamento de Mario y la de llegar al bar, un rato antes del cierre para tantear y no tener que esperarla demasiado. Ya se sentía de nuevo el frío en el aire.

Veinticuatro

Todo círculo termina por cerrarse y en ese devenir, las estaciones. Durante el verano, septiembre aparece como la primera frontera, el inicio del riesgo el último refugio antes del horizonte. El alma cándida y la piel tropical o inexperimentada se disponen a afrontar su primer invierno parisino. Tienen información de sobra, advertencias, fotos, advertencias, exiliodegardel, doctorenalaska, relatos. Todo deviene en una preparación mental emocional y vestuaria desde que agosto promedia, nunca se sabe qué día es el primero del frio.

Y un día es el día. El cielo amanece cubierto por una nube traída por el calendario y por la expectativa de nubes, una nube gris permanencia que escamotea el sol y enfría el aire. Entonces aparecen todas las murallas previstas: se enciende la primera estufa, demasiado tímida como para abrigar el pánico, los pulóveres superpuestos, las bufandas, los guantes y las gorras. Y el quedarse en casa. El alma cándida se fabrica capas posibles y renunciar a ellas es una heroicidad necesaria tras otra. El edredón es lo primero. Si en el breve verano el despertar y el levantarse eran casi lo mismo, con el frío se prolonga cada vez más la vela horizontal, al amparo de la ropa de cama. No era del todo difícil comenzar el día a las seis de la mañana aunque no hubiera necesidad, y de pronto estiramos la tibieza primera todo lo posible, con el reloj como testigo insobornable. La mañana avanza hasta que hay que salir. Y vestirse lleva cada vez más tiempo. Y la méteo se consulta con más frecuencia. Y el espíritu se nos vuelve más solitario, o se quita la ropa de la sociabilidad y asume su naturaleza: la calle comienza a ser un lugar cada vez menos amable, y preferimos la soledad del hogar al contacto humano que implique atravesar la puerta. No importa el contacto con semejantes, solo salvarse del hielo que se avecina. En realidad, la soledad siempre estuvo asociada al frío, a la nostalgia de tiempos más felices, al silencio húmedo. Es la mayor distancia de la piel, y es siempre alguna forma del fuego la que la deshace.

Matías descubre con el primer frío que le atraviesa la piel que hace meses que ni siquiera intenta escribir, ni tomar notas, ni hacer fotos. Tal vez fuera tiempo de aceptar que no era capaz de poner una palabra después de la otra, una línea acorde a la anterior, construir una historia. Tal vez fuera tiempo de admitir que once micro relatos son solo una buena intención.

Después del primer impacto, el equilibrio. Ni París era la Siberia, ni tanto abrigo era necesario. Y todos necesitan el azúcar del café con leche, también Matías. Poco a poco ajusta todo y vuelve a salir. Guarda el gorro de cuero para más adelante, baja la estufa a medio gas, y elige ir paso a paso. Al fin y al cabo, apenas terminaba el otoño.

Veinticinco

- Me siento muy honrado –dijo.

Al chico le había costado varios días y un esfuerzo supremo contra la timidez, pero se había acercado, y le había preguntado; le resultaba más difícil no saber qué hacer. El de las mujeres se le hacía siempre un terreno sin hollar. Una opinión masculina y adulta era como un bálsamo para su azoramiento, y la necesitaba antes de hacer nada.

- Me siento de verdad muy honrado. Y me alegra que confíes en mí. Te tengo un aprecio especial.

Sí, sí, yo también, pero no nos pongamos sentimentales, pensó Matías, y vayamos al grano. Aunque en realidad no sabía separar el grano de la confusión. Cualquier palabra podría ayudarlo, y secretamente deseaba que le diera una especie de hoja de ruta, paso por paso qué hacer, que decir, que no.

- Realmente es un tema peliagudo –comenzó Mario-, y no sé si soy la persona más adecuada para aconsejarte, por eso no te voy a aconsejar. Como ves llegué a esta edad solo, al menos viviendo solo, y eso puede no ser una buena presentación, pero la mía es una soledad meditada y convencida. He conocido algunas mujeres, he tratado con algunas más, he querido a unas cuantas y he amado a una, como corresponde. Por experiencia aprendí algunas cosas, y lo primero es que nunca es fácil. Sobre todo porque los humanos tenemos una marcada tendencia a mirarnos el ombligo. Si lo mirás desde ahí, las mujeres son unos seres hermosos y dulces, y cuidadosos y seductores. Al principio. Pero por más dulces y comprensivas que sean, al poco tiempo serán una generadora de reproches, por más bondad que adivinemos en su belleza, no necesitan mucho tiempo para convertirse en hermosas máquinas de quejarse. Y se van a quejar por todo: por el tiempo, por el ruido, por el trabajo, por el silencio, porque les recuerdes que estás ahí, porque te olvides de comprar pomada marrón para los zapatos. Se quejan. Pueden estar muy bien, pueden vivir en un cenit vital permanente, que ellas se quejan. Y requieren atención, y comprensión, y adecuación. Son exigentes. ¿Y sabés por qué? Porque tienen que lidiar con nosotros, que en general, si no nos exigen, caemos en un pozo de dejadez y simplicidad. La mujer no necesita del hombre, y sí viceversa. Vos dirás, ¿Y este me viene a decir eso? Sí, es cierto, yo estoy solo y como te dije antes meditadamente solo, y es por la segunda parte; a esta altura del partido yo sé que no puedo ofrecer lo que necesitan, no sé adaptarme, no sé dar atención todo el tiempo y sobre todo, como decía el cantor, no sé quedarme. Nunca te dije que estuviera libre de la contradicción. No te voy a contar mis amoríos porque soy un caballero, y quise a algunas, y algunas me quisieron, y no siempre coincidía el asunto, cosa que es verdaderamente jodida. Bueno, no sé por dónde ando. La cuestión es que una mujer no es fácil de sobrellevar pero casi siempre nos provoca nuestra mejor versión. Y vale las penas, casi siempre. A tu edad, y en tu circunstancia, habría que tener en cuenta algunas cosas. Por ejemplo que estás de paso por la ciudad, así que cualquier historia que vivas va a ser para el tesoro de tu memoria, te va a acompañar toda tu vida en alguna medida y le va a dar otra dimensión a París. Te lo recomiendo vivamente. Y con ciertas precauciones. La primera es la atención, aunque sepas con certeza que una historia va a tener un final cercano, nunca dejes de atenderla, de preguntarle, de ser cortés. Que el tiempo que pases con ella sea de ella, y que lo sienta. El segundo, y esto lo podés hacer desde ahora mismo, entender que una mujer no es de nadie, salvo de ella. Ella se entregará en la medida y la intensidad que desee, y cuidado que puede ser más de lo que puedas soportar, y durante el tiempo que desee, no hay más que eso. Y sobre todo, la tercera, viví todo lo que quieran mientras no cometas el inevitable error de caer en ese mar dulce que algunos llaman enamorarse. Una vez que atravieses la línea, y lo más probable es que lo hagas, no será tuyo ni el calzoncillo que llevás puesto. Todo, la razón, tu tiempo, tu furia, tus opiniones y tu descanso van a ser propiedad exclusiva de ella. Y vas a pasarla mal, te lo aseguro. Pero la verdad es que eso es lo único que tiene sentido en este mundo, desvariar de amor, enloquecer, ser derrotado y curarse las heridas para volver a desvariar cuando se dé la oportunidad. Si yo tuviera derecho a pedir algo, sería volver a pasar ese dulcísimo calvario, aunque sea una vez más, aunque supiera que sería la última.

Matías lo miraba con atención y una pizca de perplejidad, y Mario lo percibió. Bebió un vaso de agua antes de continuar.

- Tal vez no esté siendo del todo claro con esto que te digo, pero la verdad es que esa es la verdad. Después de tantos años la conclusión es que no tengo la más pálida idea de cómo son las mujeres. Por cada característica con que quiera definirlas, me muestran la contraria, a cada prejuicio lo deshacen como si soplaran. Tampoco puedo darte ningún consejo sobre cómo tratarlas, cuando sos duro piden ternura, cuando sos tierno, decisión, en fin, que son imprevisibles. Eso, de lo poco que aprendí es que son imprevisibles, es decir que hay que permanecer alerta, que valen todas las penas que nos traigan y que nos hacen mejores. Concretamente, por lo que son tus tribulaciones con Ana, te diría dale para adelante, no pienses demasiado. Ese es el flaco consejo que puedo darte. Y que cuando te mandes una cagada, que te la vas a mandar, le regales flores. No sé qué fibra tocan en su corazón las flores, pero siempre funcionan. Bueno, casi siempre.

- ¿Y entonces? –preguntó Matías.

- ¿Y entonces, qué?

- Y, eso. ¿Qué hago?

- Y lo que te dije, dale nomás. Hablale, no importa de qué le hables, del tiempo, de la ciudad, del Huracán el 73, no importa, si le gustás le va a parecer interesante, o lo va a fingir. Bueno, tal vez del Huracán del 73 mejor no, pero el tema no importa demasiado, eso es lo que quiero decir. El asunto es estar. Hay que estar para que las cosas sucedan.

- Estar, me lo anoto.

- Y sobre todo, relájate, sé vos mismo. Vas a meter la pata muchas veces, y vas a arrepentirte de haber dicho cosas y de no haberlas dicho, pero eso sos vos, y si muchas se van a piantar, las que se queden serán las que valgan. Y sobre todo, al final el que te va a pasar cuentas no son esas mujeres, sos vos.

Se quedó asintiendo en el aire, intentando sacar en claro alguna idea de la exposición algo contradictoria a veces de Mario que, aparentemente satisfecho con el final, apoyó su mano en el hombro de Matías con fuerza de emoción, y encaminó sus pasos hacia el baño. El chico quiso ordenar pensamientos, se sirvió agua en el vaso que había dejado Mario sobre la mesa y se dio cuenta de que no podría. Tal vez recordara alguna durante los próximos días, o cuando estuviera delante de Ana. Pero no era de enredo la sensación que le había dejado la conversación, antes de refugio, de guarida sólida donde protegerse en caso de chaparrón.

Después, el consejero volvió, tres veces con otras recomendaciones tardías. Que usara condón siempre, como si no lo supiera. Que fuera él mismo, como si no se lo hubiera dicho ya. Que guardara su espacio, que podía quedarse los meses que quisiera en su casa, aunque durmiera en lo de Ana, pero que siempre tuviera un lugar para él, que guardara siempre la lleve de su piso en el bolsillo. Todo lo tuvo presente a partir de esa tarde.

Veintiséis

No pensó en el cansancio hasta que vio a unos metros el portal de su edificio. Hasta ese paso su pensamiento la empujaba un milímetro por encima de las baldosas y los adoquines, y por encima del mal humor del metro y de los años repetidos. Había caminado el regreso sin pensarlo, y al encontrarse a pocos pasos de casa el cansancio se desplomó sobre los músculos de las piernas, la espalda, los brazos, los párpados. Abrió la puerta e hizo cálculos, el bolso y los escalones. Por supuesto que llegaría, pero qué esfuerzo. Qué cansancio líquido de repente. El agotamiento absoluto era la única manera que entendía de concluir un acto de amor.

Dejó caer su cuerpo sobre el sofá, al costado del bolso. Resopló y tuvo que sonreír. Los brazos acataban las órdenes pero no podían levantarse, estaba absolutamente vacía y feliz, había entregado toda su energía en el primer ensayo y no le importaba no poder moverse, tener solo dos horas para descansar antes de salir hacia el trabajo. No le importaba nada la pobreza de los que no cantan, ni el desamparo de los que no viven la música, ni nada de nada. Era feliz, y estaba vacía. Era feliz porque estaba vacía. Y porque intuía que ese vacío era del de los de entregar, de los de tener qué dar y darlo, el mejor de todos. ¿Quién podía superar eso? ¿Quién podía menospreciar a alguien que entrega todo? Esta noche podría soportar a todos los imbéciles que se presentaran, tenía el corazón inflado de música y de felicidad. Que vengan. No, mejor que no, para qué desperdiciar en esas cosas toda esta vibración del cuerpo, que dure un poco más.

El siguiente ensayo sería dos días después, y tenía que prever llevar más agua, un cuaderno y buscar un lugar mejor para más adelante, la habitación que tenía Franck era demasiado pequeña y necesitaban un poco más de espacio, estar más cómodos, sobre todo ella, que quería empezar a dejarse llevar del todo por la música, y añadir el movimiento del cuerpo a la voz. Tenía que llamar a Ernesto, él podía conocer algún lugar que les sirviera. Amplio, barato, aunque haya que desplazarse. Y por el cuaderno, creía recordar que tenia uno sin usar en algún cajón del comedor, también tenía que buscarlo. Pero más tarde.

Ahora quería disfrutar del dolor del cuerpo. Tirada en el sofá, fue ganando en horizontalidad poco a poco, al mismo tiempo que en el placer de solo observarse. La disturbó un poco el teléfono, pero nunca, ni siquiera por un instante, consideró la posibilidad de levantarse de su estado dulce, tan cercano a la ataraxia, a rendirle sumisión.

Veintisiete

Se miraba en el espejo y quería ensayar, pero no le salía. Mario tenía razón, podía confiar, delante de Ana se sentía cómodo y no necesitaba planear nada. Pero antes de encontrarla era diferente, deseaba preparar cada movimiento, cada palabra. Y no le salía. Lo bueno era que tenia la confianza de Mario, que habían podido volver a conversar algunas veces, y el tipo había resultado interesante. La próxima le preguntaría sobre la novela, que se había guardado en el bolso y que leía cada vez que podía, en el metro, en ratos libres, en las tardes a solas en casa de Ana. Había detalles de la historia que le quería preguntar, lugares de Buenos Aires donde transcurre la trama que él conocía de otra manera. Y sobre todo, cómo hacia para escribir una novela. El no había conseguido escribir un cuento decente, de hecho no había terminado ni conservado nada más que sus once micro relatos. Un cuento de seis páginas se le hacia una travesía agotadora, una novela, un viaje al más allá de sus posibilidades. Un logro admirable. Por segunda vez veía al amigo de su madre como un ejemplo, quién pudiera escribir aunque solo sea una, rumiaba Matías, cómo habrás hecho. Si pudieras aconsejarme tendría un lugar sólido desde donde impulsarme, algo de donde agarrarme si me caigo. Se me hace tan oscuro dar pasos hacia adelante, a veces, me impone mi propio miedo, el universo que hay delante, cuando quiero escribir, digo, pensaba, y miraba las cubiertas de la novela de Mario. Cada paso que doy es meterme en lo desconocido, y perder el control, entregarme al azar de las cosas. A veces tengo ganas de dejar de crecer, de quedarme en los veinticinco y no llegar a ser como alguna gente que veo por ahí, por la calle, en el subte. A veces me tienta la quietud.

Dejarme llevar, que las cosas sucedan. De esa manera siempre puedo salir. Una novela es un viaje larguísimo, incontrolable, que se comienza solo y se acaba en multitud. Algún día seré capaz de afrontarla. Pensaba Matías.

Veintiocho

No hablaron en su departamento porque es demasiado íntimo el hablar, mucho más que hacer el amor, en tiempos de tanta soledad. A ella le pareció demasiado pronto. Eligieron caminando un café con ventanas grandes y se sentaron a saberse un poco más. Cada quien abriría las puertas que se atreviera a medida que fuera capaz de generar su propia confianza en el otro, y lo haría sin calcular los efectos, ella por asombrada del efecto que seguían causando sus casi cuarenta y uno, él porque su forma de ir por la vida era parecida a la distracción. Matías, inocente, puso sobre la mesa algún nombre que Ana encajó con entereza, no era necesario, y no fue nada rencorosa al mencionar a Omar, lo hizo más por cumplir su parte del acuerdo. Ella sintió una minúscula envidia escociéndole los dobleces al escuchar la historia del viaje de Matías, esa ligereza de dejar todo sin tener que pensar demasiado en las consecuencias que ella también había disfrutado, aunque le parecía que hacía siglos. Ella también había soltado lastre, sobre todo el de la moralina argentinista de banderita de plástico de algunos que la rodeaban, y había quedado ligera en su momento, pero tuvo la sensación de que había ido aceptando otros pesos, otras gravedades, y había regresado a un lugar similar a aquel del que había huido. También sintió una difusa admiración; el pibe, porque era un pibe, había tenido el coraje de hacer los bártulos y tomarse un avión, con mayor o menor resguardo, y se había puesto a caminar por Europa. Benditos huevos. Bendita inconsciencia. Iba a pasar unas semanas en   París, pero ya estaba insinuando quedarse un tiempo más, si da, me quedo un par de semanas más, decía, y ese par de semanas era en realidad toda la vida dividida en un periodo de tiempo abarcable, que podía pensar sin demasiado esfuerzo, un compromiso provisorio. Dos semanas, luego otras dos, y otras dos, dos semanas en Berna, o en Barcelona, o más de un trabajo despreciable, daba igual. Era cuestión de verse capaz de hacerse cargo, y dos semanas era el período perfecto. No era un ejemplo de madurez, pero cómo pedirla.

Ella, por su parte, se sentía a gusto contando su vida a alguien nuevo, sobre todo en estos días que sentía el íntimo orgullo de sujetar los cuernos de su sueño con una mano, y con la otra los del pánico, y parecía salir airosa. Se tomó el tiempo de explicarle una buena parte de las canciones que quería cantar, por qué las había elegido y quienes eran sus autores, algunos de ellos conocidos por Matías. Era su momento de expansión, y lo que mejor explicaba su vida. Lo demás, los amores perdidos, los trabajos, las frustraciones, todo eso para qué, mejor no darle dimensión. Ahora ella era su sueño caminando.

Ya lo sabían antes, porque estas revelaciones siempre son sucedidas, iban a gustarse. Iban a querer un poco más. En vez de despedirse él la acompañó, y ella se sintió bien. Tenían aun palabras que decir y escuchar para el camino, y para demorar la despedida junto al portal de la calle Letort. Ya lo sabían de antes, volvieron a atravesar la puerta, juntos, hacia el interior.

Veintinueve

Tan copiosa y tan finamente llovía tras la ventana de la habitación, que Matías pensó en humo. Pensó en un humo frio, imposible, como una cobija de humo solidario que los aislara del mundo y del frio, de la otra vida. Cada vez le costaba más llamar a casa, cada vez más volver a dormir al piso de Mario, y a la vez se aterrorizaba todavía al sentir el deseo de borrar de un plumazo todo, de empezar de nuevo con la primera oportunidad que la vida de brindara, Ana, por ejemplo. Cerca de la medianoche se había dormido cansado en las primeras insinuaciones del deseo de ella, dejándose hundir en el calor tímido de la paz, y la mañana era de cuarenta minutos, los ojos abiertos y el cuerpo a salvo del jueves frío debajo del edredón. Al otro lado de la cama y del cristal el cielo recién comenzaba a tomar el gris que luego sería azul celeste; dentro, Gastün dormía en uno de sus almohadones con un ojo abierto desconfiado. Matías quiso levantarse pero el impulso no fue suficiente, el soplo helado que se filtró cuando se movió lo disuadió con hielo en el costado. Giró el cuello para calcular la hora en el tono del cielo y se encontró con el otro lado de la cama habitado por Ana dormida. Esa mujer que hacía una semana no conocía, y que ahora le ofrecía la suprema entrega que es el dormir. Nada más íntimamente indefenso. Respiraba suavemente, dejaba escapar de vez en cuando un soplido un poco más profundo. Matías la observó durante unos segundos, era una mujer hermosa, embellecida ahora por la paz y por la impunidad de observarla. Qué corazón latería en las venas de ese cuello que apenas podía ver, en el cuerpo debajo del edredón. Qué desearía esa mujer, a qué habría renunciado.

Cómo viviría la lluvia, si despertase en ese momento. La miraba y de repente el tiempo ya no era tan pausado, ni la mañana tan sin límite. Una pulsión dulce tibia se le presentó en la base del cráneo, pero supo sin dudarlo de donde venia. Inspiró algo más hondo de lo que lo hacía, más aire en sus pulmones para que la mirada le cambiara ante sus propios ojos, y el perfil de la cara de Ana que dormía también se cargara de intención. Con la suavidad que pudo colocó una mano debajo del borde del edredón, y necesitó más fuerza de la que había calculado para levantarlo unos centímetros. Por el cambio o por el frío que pudo haber entrado, que él no sintió, Ana frunció por un instante el ceño, emitió un ronroneo breve y giró apenas su cuerpo. Matías se paralizó en el último punto del movimiento que había perturbado el sueño de la mujer, hasta que ella volvió a la quietud. Sin pensarlo, ganó algo más de terreno con el levantamiento, hasta dejar al descubierto el sueño de Ana. En algún momento de la noche se había puesto un camisón verdemar, que ahora la separaba de la desnudez, y despertaba un paso más el deseo de Matías.

Quiso volver a detenerse a observar, pero no pudo. Su brazo se tendió casi independiente, su mano se acercó hasta la curva del horizonte detrás del que clareaba la ventana del día. Con pulso firme mantuvo la mano a pocos milímetros del satén, hasta percibir la tibieza del alrededor más cercano. Maravillada, la mano comenzó a dibujar una línea paralela al cuerpo, la cadera, luego la cintura, luego el tórax, luego el pecho, luego descender hasta el cuello. El camino de regreso prometía ser el último. No pudo evitar la mano descender el espacio necesario para rozar con suavidad el pezón, mientras Matías observaba la cara de Ana, que seguía durmiendo ajena a la hoguera que crecía a su lado.

La reacción fue apenas perceptible, pero lo animó repetir el estimulo, y luego seguir el camino de regreso, ya sin el espacio de aire tibio entre la mano y el cuerpo, piel contra piel en todo su esplendor erizado. La mano palma bajó por el vientre y luego por la pierna, sabiendo de antemano donde terminaría el camino de regreso, hecha dedos.

En algún momento se despertó, probablemente al detenerse el roce en el tobillo. Cuando la espalda se arqueó breve primero, luego amplia como una explosión de sol, Ana conservaba sus ojos cerrados como una manera de permanecer ajena a lo que sucedía en su cuerpo, plena de conciencia.

Es de ellos lo de después, es por ellos. No vamos a mirar los sonidos, ni el ruego de ojos encontrados, ni los instantes que fueron enamorados, ni la comunión ni el llanto del final de Matías pequeño pequeño, por última vez pequeño, casi niño desamparado de su niñez, revelado por fin de su desposesión de mamá, de Lorena, de patria.

El se fue deshaciendo poco a poco del abrazo reposo, y permaneció acurrucado contra una orilla de la cama; ella se levantó unos minutos después, y se puso una bata de satén verde. Se lavó los dientes como todas las mañanas. Repasó las compras que tenía que hacer y cuando le tocaría ir a la *laverie*, que no sería hasta unos días después. Si no paraba de llover tendría que llevar paraguas.

Veintinueve bis

Como la mayoría de las decisiones importantes, tampoco la tomó. Fue la naturalidad del devenir de los actos que se instaló entre ellos y solo hubo que seguirla. O el azar, o la necesidad.

No tuvieron el rito que, si no es necesario, da dimensión y consistencia. No hablaron en un bar, ni dijeron palabras de confianza, ni tomaron decisiones consensuadas. Casi fue evitarse una molestia. Casi obedecer al pragmatismo. Es verdad que había crecido una complicidad, y que las ganas de verse habían saltado de la cama y conquistado otros territorios. Y que habían conocido el silencio confortable. Incluso que algunas veces habían dormido juntos sin que el fragor del sexo los inundara. Y también era verdad que no tenían en cuenta ninguna de esas verdades. Pero cada una había concurrido a la voz de Ana y el oído de Matías cuando él miro el reloj del domingo y eran las doce y cuarto, y pensó que en quince minutos cerraría el Franprix por el resto del fin de semana, y preguntó si faltaba algo, y Ana desde la cocina dijo café, no tenemos café para el desayuno de mañana, y traete una leche también y algo para picar esta tarde, no sé unas galletitas, unas Lu de naranja o unas palmeritas, y él calculó si sería capaz de acordarse mientras corría hacia el supermercado o mejor lo anotaba. Unas palmeritas, café, leche y qué más. Si te tentás con algo traelo, la plata esta encima del router, que ya decía 12:17, y de paso traé unas naranjas, están con las frutas apenas entrás a la derecha, y él tengo que salir ya si no, no llego. Pero ella dijo pará. Y salió de la cocina secándose las manos en un trapo que decía Toulouse y metió a ciegas la mano en un cajón de la cómoda y revolvió hasta que escuchó un sonido metálico y sordo, y al salir la mano traía consigo un par de llaves en un llavero con un djembé verde.

Al regresar, de paso hacia la cocina, recogió el trapo que había dejado sobre el respaldo de una de las sillas del comedor y alcanzó a Matías que esperaba con la puerta abierta y una bolsa plegada bajo el brazo, a punto de salir.

- Tomá, tenelas vos.

Lo beso fugaz en los labios y lo empujó cariñosamente hacia el rellano, el super cerraría en once minutos.

Treinta

No sé por qué este miedo, piensa Mario. No resiste el primer análisis, en realidad, querido. ¿A qué le tenés miedo? La degradación, tal vez, pero esa es inevitable. El dolor, tal vez, pero ese es evitable, ya hay tratados desarrollando la idea de que es filosóficamente innecesario. A los médicos. Ahí no tenés más argumentos para rebatirme. Porque además son raros, hablan un idioma diferente, con códigos diferentes. Repetir las pruebas, por ejemplo. No quiere decir repetir las pruebas, solamente, quiere decir las noticias son malas. Quiere decir hacete a la idea, Marito. Quiere decir prepará tus cosas. Pero no te dicen eso, te dicen hay que repetir las pruebas, entonces vos te resignás a pasar una vez más por el trago del hospital, por el tubo del scanner, por la mirada de pena del radiólogo, por las biopsias. Por si acaso, por si es el caso del uno por ciento, y las pruebas salieron mal de verdad, y algún inepto metió el dedo donde no debía y hay verdaderos motivos para repetir las pruebas. Y otra vez te sentís como un chico con miedo al aplazo. Otro miedo más. A la que te dije. No tiene sentido, también es inevitable. Y, la verdad sea dicha, si mirás hacia atrás tenés que admitir que has vivido una vida plena. Hasta ahora, digamos, por si las pruebas salieron mal de verdad. Pero ha sido, hasta ahora, admitilo, Marito, una vida entera, toda para vos solito. Hiciste casi siempre lo que quisiste. Conociste una buena parte del mundo, casi todo lo disfrutaste. Trabajaste en lo que quisiste, escribiste lo que quisiste, dijiste lo que quisiste. Y quisiste, que es mucho más de lo que pueden decir muchos. Nunca se te agotó la curiosidad, ni se te agota, y si por algo duele, dolería, es por no seguir viajando, por no seguir amando y bebiendo y comiendo y rabiando. Tantos gerundios que cualquier otro escritor no se atrevería, ¿verdad, pedantote? Leyendo, por supuesto. Cogiendo, por supuesto. Escribiendo, por supuesto. No sé por qué siempre asociaste el sexo con la literatura. Vaya a saber. Y nunca te callaste, es la verdad. O casi nunca, pero cuando tocaba le dijiste cuatro verdades a los cuatro reverendos hijos de puta que se lo ganaron. ¡Eso da un gusto! ¿Verdad? Antes, cuando lo dijiste, y ahora, y cada vez que lo recordás. Eso es impagable. Hiciste lo que quisiste. ¿De qué te podés quejar? ¿De tiempo? Hoy dicen que la juventud se prolonga cada vez más, pero cuando te ponen un cierto número de años en el pasaporte ya no te podés quejar de no haber tenido oportunidades, Marito, o de haber vivido poco. Ya no. El caso es que te sentís bien, salvo ese dolorcito, ese dolor, te sentís bien. Estás activo. ¿No era eso? Ahí está. Otra vez te toca. El contraste, el scanner, lo otro. Cada vez se espera menos en estos hospitales. En fin, vamos a sacarnos esto de encima que afuera hay una vida. ¿Por qué lo siguen acentuando en la segunda i? ¿No se dan cuenta de que es italiano?

Treinta bis

- No te olvides de cerrar bien las canillas si salís.

No le recomendaba la puerta ni el doble giro de las llaves, que le había dado como si no tuviera ninguna importancia. Ni las ventanas, para que no se destemplara el piso, ni la heladera, que abierta en un descuido traería una tragedia de hielo. Las canillas eran el punto débil del piso, para Ana. Alguna vez había descubierto al regresar una que goteaba más de la cuenta y le había quedado una sensación de pérdida que no podía explicar, y otra vez, que habían cortado el agua para una reparación, había abierto las canillas del lavatorio para verificar, y sin darse cuenta las había dejado abiertas, sin que saliera agua, que si salió cuando terminaron los arreglos y ella no estaba en casa. Si hubiera mantenido limpio el desagüe, no habría encontrado el lavatorio rebalsado al regresar del trabajo, rebalsado hasta el suelo del baño, por el pasillo hasta el recibidor, la habitación pequeña y una parte del comedor. Sabía que si en lugar de volver enseguida se hubiera quedado a tomar la copa que le proponía Damaris, media hora más apenas, el agua habría llegado a cubrir con dos centímetros de agua el comedor completo, mojando los cables y los enchufes y organizando un desastre mucho mayor. Y bastante grande era, como para quedarse sacando el agua, pasando trapos, rogando no recibir la visita del vecino del primero con goteras. El final de esa noche había amanecido nublado, con Ana al borde de las lágrimas y de la renuncia, estrujando trapos en la bañera con el último cansancio; de ahí, de ese cansancio impreso en la médula se le quedó también el miedo a perder el agua. De ahí el deseo de control, de ahí la recomendación por sobre todas las demás.

- No te olvides de cerrar bien las canillas si salís.

- No te preocupes, si salgo va a ser por el barrio.

Ana salió con su bolso de los ensayos y Matías se quedó por primera vez solo en una casa en la ciudad de París. El tiempo de repente era su responsabilidad y lo que decidiera hacer sería lo que haría, y luego lo que habría hecho. No era Perogrullo ni banalidad, sino lo que sería su vida.

Puso agua a hervir y esperó en el comedor, delante de un cuadro azul que le había llamado la atención. Una pintura abstracta en la que deducía una figura con forma humana, vagamente femenina, inclinada hacia sus pies. El azul era el color predominante, y eso fue lo que atrajo la mirada de Matías, pero combinado con trazos de naranjas, verdes y espacios en blanco. Le parecía raro, pero le gustó. Estaba colgado en la pared principal del comedor, que estaba pintada de lila cuando las demás eran blancas, por encima del sofá, frente a la librería principal, que había hecho con la ayuda de un ex novio, cuatro tablones y una pila de ladrillos huecos que había comprado en un almacén. Se fijó en los libros que tenía, ordenados por orden alfabético de apellido de autor, Auster, Bioy, Blaistein, Castillo, Garcia Marquez, solo algunos eran los que conocía, también Kafka, Kundera, Pennac, Saenz entre otros, le gustaba la novela, a Ana, la del siglo veinte al menos, urbana en su mayoría. En el segundo estante algunos libros de teatro, Casona, Pinter; y de pintores, varios impresionistas, Brizzi, Rockwell, Turner. Mucho más culta que él, pensó. Mucho más culta que yo, pensó, y un garbanzo difuso de incomodidad se le instaló en el pensamiento.

Había más libros más abajo, pero no los miró. Se distrajo con las fotos del segundo estante. En el portarretratos más grande, Ana señalaba con los brazos extendidos y las palmas abiertas un salto de agua de las cataratas del Iguazú, vestida de excursionista, botas, campera fina, y lleva el pelo largo, sonríe a la cámara y al futuro para dejarle claro que en ese instante de su vida es feliz. En otra abraza a un hombre un poco mayor que ella, en un paisaje de campo, con una casa rústica a un lado y colinas de fondo; el día está nublado y un perro los mira unos pasos por detrás. La tercera es una foto de un perro, parece ser el mismo de la anterior, que descansa la cabeza en las patas delanteras, junto a la pared de un balcón o una terraza. La última es un retrato de ella, hecho en interior, con una luz suave que marca su figura y la hace verdaderamente hermosa; no mira a la cámara sino a un lado, con algo de melancolía en la mirada. No supo definir Matías si era una instantánea. En el estante de abajo había algunos libros que no miró, y una caja de cartón con una pila de papeles dentro. Al lado, unos cuadernos y varias encuadernaciones de hojas A4 en canutillo. En el centro del comedor había una mesa grande de madera flanqueada por cuatro sillas a juego. Sobre la mesa, un gran plato de vidrio soplado en tonos de verde, en el que parecían olvidadas dos cajas de paracetamol, y una figura de madera, tallada en Cuba, donde Ana no había estado hasta ese momento. La curiosidad le crecía a medida que la utilizaba. El comedor daba a un balcón, angosto pero largo, que daba acceso a la cocina de un lado y a la ventana de una habitación del otro. Tenía algunas macetas con plantas de flores, algunas con la tierra algo seca, y una vacía, que había utilizado a juzgar por los restos de tierra reseca que había en el fondo, en la que guardaba algunos elementos de cuidar las plantas: un cuchillo romo, una pala pequeña, una tijera de podar. No tenían demasiado uso. En el balcón la curiosidad sufrió un ataque de matiz, y eso y el enorme tiempo libre que tenía por delante hicieron que su afán se cambiara en una suerte de inventario de lo que Ana tenía en su departamento. En principio, a la vista, pero todo era revisable.

Treinta y uno

Este pibe se me está quedando, sin decir nada se va acomodando a mis horarios, se ajusta a mis deseos, se adapta a mis tiempos. Y se queda. Y yo no lo esperaba, no estaba preparada. ¿Otra vez lo mismo? ¿Otra vez la misma historia de un tipo que se disfraza para acercarse y después se incomoda, se remueve, se sincera? No, otra vez no. No tengo espíritu, no tengo ganas, no tengo ovarios para repetir. Aunque este pibe lo hace de una manera diferente, no dice nada, me anticipa los gustos, se aplica. Y se queda. No puedo decir que no viva en casa. Entra y sale con la seguridad del inconsciente, hace, planea, pregunta. Y esa es su forma de quedarse. Sin hacerlo, sin decidirlo. Me encanta. Y me descoloca un poco, para qué lo voy a negar. Yo pensaba que ya podía anticipar todos y cada uno de los gestos y las palabras de todos y cada uno de los hombres de la Tierra y ahora se me cruza este pibe. Este pibe. Es diferente, tengo que admitirlo. En algunas cosas, al menos. No es un tenso. Lo noté el primer día, cuando me buscó a la salida del bar y caminamos. Hablaba tranquilo, caminaba tranquilo, no estaban todos sus actos calculados para llevarme a la cama, casi sospeché que no quería. Y sin embargo quería. Pero caminamos juntos, sin tener que escaparme de los lances continuos de los idiotas, ni de la timidez de los inseguros, ni de la distancia de los esquivos. Fue muy agradable el paseo, tanto que me descubrí en la puerta de casa deseando que se quedara a dormir. Y efectivamente, se me está quedando. Pero no sé si es lo mejor. Lo pasamos bárbaro, sí, nos reímos, sí, es un divino, pero por otro lado tiene muchas características del hombre del que huir. Es joven, demasiado joven. No me explico cómo eso no le molesta, o le molesta y no me lo dice, ¿será eso? No se lo voy a preguntar, desde luego. Es argentino. ¿No aprendí ya? ¿No tuve suficiente sopa? En algún momento le saldrá el machista, estoy segura, y si todavía no lo aprendió, lo aprenderá. La escuela de sobrados tiene sede en Buenos Aires, si lo sabré. Tampoco tengo ganas. Hasta ahora no se le escapó ningún tic de esos de boca abierta y cabeza ladeada, tan orilla derecha. Y en realidad, ¿qué recorrido puede tener esto? ¿Tres meses, tres años? Si no aprendió puede ser que yo lo evite. En todo caso no lo voy a permitir. Pero, ¿me imagino tres años con este pibe? Pobre piba. No, en serio. ¿Por qué no? Puedo verlo, soy capaz de distinguir el límite, sé que no es peligroso todavía. Es divino, es divertido, pero no me va a enamorar. Ya sé, Anita, en estas cosas nunca se sabe, la más prudente termina pialada, antes de advertirse, sin darse cuenta. Y es un riesgo, claro que sí, puede pasar que me enganche, por algo estoy hablando sola desde hace diez minutos, el pibe tiene algo, es distinto, se me está quedando. Y en este momento de mi vida, tal vez sea el mejor compañero, alguien que piense que todo es posible en la vida. De alguna manera él también está dando un salto mortal, irse, probar, trazar una línea y quedarse del otro lado. Hace falta coraje y una pizca de inocencia. ¿Qué diferencia conmigo? Para probar un sueño también hace falta un enorme coraje y un poco de inocencia, pero al fin y al cabo el tiempo no se detiene y pasa por encima de los quietos. O de los que huyen del sí. Bueno. Para qué pensar. Siempre es demasiado pensar en estos asuntos. Si las cosas se dan, tengamos fe en que por algo se dan. No voy a ser yo quien se escape del envido. En una de esas, vale la pena. Y seguro que la vale el riesgo.

Treinta y dos

Quién habría pensado, pensaba sin embargo Matías, tendría que estar en Madrid preparando la valija para tomarme el avión a Buenos Aires, y mañana a la tarde en Ezeiza, en casa, en bermudas, en la pizzería de Caseros y Matheu con los pibes, y estoy acá ultimando el abrigo para ir a buscar lo que me queda en lo de Mario, pensaba, y viviendo en París. En otro país. ¡En otro barrio! Habrá que acostumbrarse al extraño devenir de las decisiones, que no las toma uno solo.

Pensaba mientras se vestía, y tuvo la oportunidad de comprobarlo cuando una idea de Ana que cambiaba los planes revoloteó en el aire del departamento, lo inmovilizó en considerarla e hizo que cambiara un viaje hasta Vincennes solo y bajo una llovizna tenaz por una tarde de película y manta en compañía. No había sido una decisión difícil, Ana había elegido y preparado la película, una francesa, Le prénom, y esperaba en la puerta de la habitación con dos mantas dobladas en una mano, medias de lana, sonrisa y ropa interior violeta. No encontró razón para decir que no, y se quedó con gusto, y cierto cosquilleo de promesa. Abrir sus posibilidades a los cambios de planes no le estaba resultando nada mal. A su vez, preparó dos cervezas frías, unas aceitunas y dados de queso emmental en una bandeja. Cuando la dejó sobre la mesa ratona del comedor, junto al sofá donde lo esperaba el cuerpo de Ana bajo las mantas, comenzó otra noche de estar juntos. El frío de afuera les daba más tibieza, y la llovizna se amenizó con los primeros truenos, que enseguida fueron a más, y transformaron por primera vez el departamento de Ana en un brote de hogar. Y ellos creyeron, a su vez, que los impedimentos ya no existían.

En medio de la película, con las botellas de cerveza ya vacías y la piel próxima a la querencia, sonó el teléfono de Matías. Se miraron quiénpuedeser a la vez, y él estiró el brazo hasta el bolsillo lateral de su campera, afortunadamente no tuvo que salir de debajo de la manta, aunque no pudo evitar cierto desarreglo.

- Es Mario.

- Bueno, a ver qué quiere.

Matías miró sonar el teléfono mientras dudaba, hasta que la llamada se extinguió, al cabo de unos segundos tensos, y tomó la decisión por él. La duda de si atender se transformó en duda de si devolver la llamada, pero apenas duró un instante. Dejó el teléfono sobre la bandeja, y aprovechó para acercar el bol del queso, que tenía solo tres daditos.

- ¿Querés? –le ofreció a Ana-; si es importante, va a llamar de nuevo, si no, mañana lo llamo yo.

Ana había detenido la película; estudió la situación y dividió el queso que quedaba, uno para vos, dos para mí. Acomodó la manta que estaba por caerse, luego de la interrupción, y convocó de nuevo a la estrechez.

- Si no lo llamás, vení, que tengo frio, a ver cómo sigue la peli.

Matías retomó la cercanía, algo más prieta que cuando la había deshecho, y durante unos segundos siguió con la idea de devolverle al llamada a Mario. Enseguida, la trama retuvo de nuevo su atención.

Al terminar, los créditos le trajeron de nuevo a la memoria por un instante la llamada de Mario, pero enseguida se sobrepusieron al pensamiento los ronroneos de Ana, que con la manta como capa tibia había subido tres puntos la estufa y dejaba asomar un trocito de color violeta al final de una pierna larga y torneada. Eran las once ya tocadas, y los comentarios sobre la película habían sido postergados hasta el desayuno.

Cada uno por su lado, coinciden en recordar esa noche como el punto álgido del amor, cuando acceden a concederle el nombre, y por supuesto del sexo. Es uno de los momentos que Ana sigue recordando sin poder evitar la ternura, y Matías cierto sentimiento de orgullo. Cada quien con su presente, se reconocen en ese punto distante de su pasado.

La mañana vino con café con leche y croissants que Matías bajó a comprar temprano, junto con Le Monde. Ana se despertó en una fragancia de café recién hecho que prometía amabilidades por un lustro, y cuando se presentó en el comedor la esperaban una taza caliente y la figura de Matías leyendo el diario. Leía con una atención casi dolorosa, arrastrando su entendimiento por las líneas de tinta y alzando las cejas de a ratos, cuando entendía una palabra o una frase.

- ¿Qué estás leyendo? –dijo Ana, cerca de la risa.
- Un diario, Le Monde, famoso en el mundo entero. No entiendo una goma, pero algo voy cachando, alguna palabra, de vez en cuando tres o cuatro juntas.
- Por el esfuerzo.

El beso tuvo tiempo de saber a buenos días, a boca mentolada de dentífrico y a estoy feliz de encontrarte en mi mañana. Matías reaccionó desde la silla con rumbo a la cama, pero Ana lo contuvo antes del despegue.

- No, no, ahora vamos a desayunar.

- ¡Ufa! –rezongó la sonrisa de él.

Desayunaron sin tiempos y salieron. Ella había perdido hacia algunos años la mirada turista, pero pensó en caminar por el centro, mucho tiempo después de la última vez. Desde Châtelet anduvieron la calle Rivoli hacia la Bastille, contándose anécdotas, todavía de las que dan buena imagen a la mirada del otro, y preguntándose, todavía poco. Ana conservaba la prudencia, aunque disfrutaba de las horas con ese chico como de sucesivas primaveras, y cada vez le costaba más sujetar las riendas, y que Matías desconocía por completo.

Ese fue un día meseta, el descanso después de la subida fulgurante, reponer fuerzas y tomar conciencia. Caminaban abrazados y se reían por cualquier simpleza, y se asombraban de su risa, de su abrazo y de su camino juntos a la par. Se sentaron en la terraza de un Indiana y Ana preguntó por la otra ciudad, la que estaba presente de ausencia.

- ¿Todavía podes ver una obra de teatro por día?

- ¿En Buenos Aires, decís? – se aseguro Matías-, creo que sí, hay un montón. ¿Te gusta el teatro?

- Solía gustarme. Iba mucho a salitas chicas, por Boedo y por Almagro, sobre todo. Y el Abasto, claro. Desde que estoy acá lo tengo olvidado, primero el idioma y el precio, después el precio. Acá también hay teatros chicos por algunos barrios, pero ya perdí el ritmo.

- Sí, yo nunca fui; bueno, una vez, hace tiempo, me llevaron a ver algo, pero no me enganché ni ahí. Los tipos ahí, hablando, dame el puñal y qué se yo. No me acuerdo, mucho.

- ¿Cómo que no? ¡Es apasionante! ¡Todo sucede en el teatro, todo se hace suceder! Es la vida.

- Pero la vida está afuera.

- Si —condescendió Ana-, claro que está afuera, pero el teatro es otra dimensión, nos representamos ahí con símbolos, para entendernos mejor.

- Ah, bueno.

- Pero está bien, si no te gusta, no te gusta y listo.

No sabía que un silencio era riesgoso, quedarse pensando en una diferencia, o en nada, pero no dejó que creciera entre ellos.

- Yo soy más de ir a recitales, o a la cancha. Me gustan las multitudes.

Ana soportó la nueva contrariedad mirando sus ojos que se iluminaban. Era un mundo ajeno a ella, que no tendría al alcance mientras estuviera en París, al menos en las particulares maneras argentinas. Un breve relámpago de fatalidad le recorrió la distancia entre los tímpanos, pudo desecharlo a tiempo.

Treinta y tres

Las manzanas estaban encendidas, rojas como tangos. Un pequeño monte de manzanas ocupaba un lugar junto a la balanza no siempre fidedigna, y Matías las observaba absorto a pesar de las voces ininteligibles que el puestero daba a un escaso metro y medio de sus orejas. Con decisión del nuevo en el barrio, sacó una bolsa del rollo y comenzó a elegir las que le parecía podrían ser las mas sabrosas. El petiso que vociferaba se dirigió a él casi en el mismo tono y ahora en francés, Matías sonrió asintiendo a la conciencia de su propia incomunicación. Una mano en el hombro vino a rescatarlo del aislamiento.

- Tené cuidado –dijo Ana en voz baja y acercando su boca a la oreja de él-, a veces las apariencias no se corresponde con la realidad.

- ¿En general o las manzanas?

- En general. Y las manzanas. Y estos puestos en general, yo me ensarté varias veces con estos tipos. Pero a veces sale buena la verdura, y los precios son de otra ciudad.

Ella venía de unos puestos más allá; traía una bolsa con mangos y cebollas, que iba a combinar en un plato para el almuerzo, y las ganas del cuello de Matías en los labios. El beso olió la piel e imaginó la siesta.

- Llevó algunas, dos o tres, a ver qué tal son. Y agreguemos tres o cuatro de esas peras.

Pagó las dos bolsas de fruta. No había despegado su mirada de la balanza y cuando se giró, Matías no estaba a su lado. Enseguida lo ubicó a unos metros, junto a la vitrina de un bar con el teléfono a la oreja y expresión de esfuerzo. Parecía resistir los embates de la gente cargada sin apenas sentirlos, moviéndose al azar de la marea humana. Ana se acercó deprisa y al verla Matías le extendió el celular con un ruego.

- No sé, es el número de Mario pero habla una mujer, en francés, no entiendo nada.

Ana le pasó las bolsas y se apartó de la multitud barrial, encaminando el rumbo hacia su casa; Matías detrás. Caminaba y a veces se detenía, el tono era el de dar explicaciones primero y luego pedirlas. Hablaba en un francés apresurado, absolutamente incomprensible para él, que intentaba entender y lo conseguía con palabras aisladas. Quand, grave, Salpitrière. Matías superó la diferencia inicial y comenzó a cultivar una preocupación creciente. Al cabo de un minuto y medio, la impaciencia lo superó y ocupó el campo visual de Ana, reclamando explicaciones. Cuando la conversación terminó, su mirada organizaba el reclamo. Ana se tomó unos segundos para rearmar sus ideas, y la manera de decirlas.

- Parece que Mario tuvo una especie de infarto esta mañana, por suerte estaba en la calle y alguien llamó a una ambulancia. Está en el Hospital Salpitrière, lo atendieron a tiempo y zafó, pero está delicado, eso es lo que me dijo la enfermera. Llamaron a tu teléfono porque era el último número al que había llamado.

- Anoche —dijo Matías con el susto temblándole en la voz-, que no lo atendimos.

- Si, debe haber sido eso.

- ¡Qué boludo, como no lo voy a atender!

- Bueno, calmate, Matsu —interrumpió Ana-, ¿No te acordás de por qué no atendiste?

- Claro que me acuerdo, pero igual. ¿Dónde dijiste que está?

- En el Salpitrière, está cerca de Austerlitz.

- Mirá si me necesitaba…

- Me dijo la tipa que si queremos podemos pasar a verlo. Todavía lo estaban atendiendo.

- ¡Qué boludo, che...!

Ana intentaba tranquilizarlo con palabras en las que no creía demasiado, la enfermera le había hecho preguntas que ella no supo responder, y que no se hacían en casos rutinarios. Ella subió con las bolsas para guardarlas y al volver a bajar tuvo que convencerlo para renunciar al taxi que había parado, un día de semana al mediodía era un suicidio económico atravesar París. El metro no era garantía de puntualidad, siempre podía aparecer un *colis suspect* o un *descendu sur les voi*s a postergar todas las horas, pero no tenían prisa y había show garantizado por un ticket de poco más de un euro.

De la entrada a la habitación demoraron casi media hora. Ana miraba por los pasillos crecer la ansiedad de Matías, sin terminar de entender. Al llegar a la puerta, una enfermera salía de la habitación con una bandeja en la mano, con la otra les autorizó el paso. Ana prefirió quedarse fuera, esperando en un banco de una sala. Dentro, el perfil demacrado de Mario respiraba fatigosamente dentro de una mascarilla transparente, que dejó entrever una sonrisa cuando los ojos se abrieron y reconocieron a Matías. Mario ladeó la cabeza e hizo un esfuerzo para que su mano lo convocara a su lado. Hizo que acercara la cabeza pero en ese momento otra enfermera abrió la puerta y le dijo algo que Matías no entendió, aunque si el tono de reprimenda, que hizo que su instinto lo apartara un paso de la cama. Enseguida volvió a ignorarlo, y Matías pudo volver a acercarse y decir unas palabras de aliento, con algunas de justificación por no haber atendido la llamada de la noche anterior.

- No te preocupes, estoy bien.

Mario pronunciaba las palabras cautelosamente, con esfuerzo y sin caer en la demasía. Le pidió que buscara unos documentos en un cajón de su habitación, con indicaciones precisas de donde encontrar las llaves y qué documentos traer: una tarjeta gris, una billetera de cuero y un reproductor de música azul, que encontraría en su mesita de noche. La manera de hablar era tropezada, pero los datos eran tan seguros que Matías lo entendió como una señal de que el accidente no había sido tan grave como había temido en un principio, cuando era la incertidumbre la que hacia las cuentas.

Unos golpes en la puerta y enseguida Ana que apareció al abrirse. Saludó con una media sonrisa y sucedieron las presentaciones, Ana, Mario, claro, como no la voy a recordar, como está Damaris, una chica tan linda, le va a ir bien. ¿Era mexicana o colombiana?

A una seña de Ana, que Matías curiosamente comprendió, buscaron una excusa y se despidieron, con la promesa de regresar al día siguiente.

- Hablé con el médico —dijo Ana mientras encaraban el pasillo hacia la salida-, dice que tuvo suerte, que si no lo hubieran atendido tan rápido no la contaba, o peor. Pero que aun así, todavía puede tener alguna consecuencia. Y que está delicado.

- No jodas, ¿es serio, entonces? ¡Qué cagada!

- Va a estar un par de días mínimo en observación. Después van a valorar si puede volver a su departamento.

- Me pidió que buscara unos documentos en su casa.

- ¿Querés que pasemos ahora?

- Pensaba pasar cuando fueras a trabajar, pero dale.

El chico volvió a entrar en la habitación donde Mario miraba la ventana en silencio, la cabeza ladeada. Se acercó lentamente, cuidando de no interrumpir un sueño eventual, y una vez junto a su cama le puso la mano en el hombro.

- Mañana por la mañana te traigo todo, quedate tranquilo.

Mario buscó la mano de Matías en su hombro y la apretó con las pocas fuerzas que tenían las suyas, mientras lo miraba con ojos de miedo, durante tres, y cinco, y ocho segundos, hasta provocar la incomodidad del chico, que agitaba en entrevero de manos acentuando la despedida y luego agregaba la izquierda, para emparejar fuerzas y acudir en ayuda. Una fuerza algo superior y breve fue lo que consiguió separar por fin las manos, y con una frase amable quiso tranquilizar al hombre yacente y salió de la habitación, al encuentro de Ana.

Guiados por ella cruzaron el río por el puente de Austerlitz y caminaron por el Boulevard Diderot hasta la Gare de Lyon, cada uno en su pensamiento.

Treinta y cuatro

Miró el reloj una vez más. Iban siete desde que salieron del hospital. Miraba la hora y calculaba su tarde, lo que iba quedando de su tarde, y las cada vez menos cosas que podría hacer. Eran casi las tres y si demoraban más de una hora en la visita, tendría que ir directamente al trabajo, y la noche se haría larga y su humor no sería un apoyo. Quiso imponer una marcha rápida hasta el departamento, y con la diferencia ducharse tranquila en casa antes de salir hacia el bar. Matías la siguió como pudo, siempre un paso detrás aun siendo el que indicaba el camino.

Los dos estaban agitados cuando la puerta se abrió al giro de la llave que él sacó del bolsillo del pantalón; tuvo una imagen de hotel y de futuro cercano promisorio. Dejaron las cosas descuidadamente sobre la mesa del comedor.

- Una tarjeta gris –hizo memoria Matías-, un mp3 azul y una billetera de cuero.

- Tiene que ser verde-dijo Ana-, no gris.

- Me dijo gris, y en el cajón de la mesita de luz.

- Pero la debe querer para la cobertura de la sécu. Es verde, la carte vitale.

- Bueno, vamos a ver qué tiene.

Un arsenal de cajitas de medicamentos se develó al abrir el primer cajón de la mesa junto a la cama. Tubos, gotas y pastillas eran la población mayoritaria del lugar. Tuvieron que ubicar varios frascos sobre la cama antes de revolver y encontrar una billetera marrón de cuero, donde estaba la documentación de Mario, incluida la carte vitale.

- ¿Bertini, se llama?

- Si, ¿por?

- Conozco una Bertini, nada, una casualidad. Esto es lo que necesita para el hospital.

- Me fijo si encuentro alguna otra gris, por si acaso.

En el segundo cajón encontró el reproductor, junto a un libro de Daniel Pennac, una pipa y una bolsa de tabaco. Puso el libro y el mp3 sobre la cama, junto a la billetera.

- Voy a buscar un bolso que tengo, para llevar estas cosas.

- ¿Me mostrás donde dormís? O dormías, en realidad.

- Claro, vení.

Matías la guió por el pasillo, y le mostró el lugar como si fuera el dueño, esta es la cocina, este el comedor, acá duermo yo.

- No está mal, es casi como mi departamento.

- Sí, estoy cómodo. Y así y todo hace unos días que no vengo.

Entonces la mirada de Matías se puso a vibrar, y vibrando descendió al pecho de Ana, luego a la cintura y a los muslos, y luego no tuvo más perspectiva, cuando los brazos rodearon su cintura.

- ¿Qué hacés? —sonrió ella-; estás loco.

- Me encanta.

- Pará, che, que es la casa del viejo.

- ¿Y? No va a venir. Es cómoda mi cama, vení.

- Pará un poco, delirante, no es el momento.

- ¿Por qué no?

Ana se quedó inmóvil un instante, dejando de detener las manos de Matías, que también se detuvieron. No miraba el reloj.

- Tenés razón, por qué no.

Casi se quedan dormidos, Matías por la laxitud que sucede al amor, Ana no supo por qué. Los espabiló el hambre que les señalaba la crueldad del vacío del estómago. Eran las cuatro y diez en el reloj de Ana, que se había sacado en el zafarrancho y estaba sobre una silla que Matías utilizaba como mesa de luz.

El cálculo fue rápido: no tenía tiempo de pasar por su casa. Una vez aceptada la circunstancia, tenía un par de horas para proceder con calma. Terminó de destaparse y salió de la cama. Desnuda y sin hablar, camino hacia la puerta de la habitación, rumbo a una ducha renovadora. Matías miró su caminar tan natural, hipnótico vaivén, y supo que sus plazos habían cambiado. El viaje a Bruselas estaba suspendido, y todas las demás ciudades postergadas cuando Ana dijo antes de cerrar la puerta del baño y meterse bajo el agua:

- ¿Te prepararás algo para comer mientras me baño?

- ¿Algo para comer? —respondió Matías, pero nadie más que él escuchó.

Pensó dos minutos más y se levantó al finalizar el primero. En la cocina casi todo le era un enigma, pocas veces había tenido que enfrentarse a ese material sensible que luego forma la comida, a los instrumentos que lo hacen posible. Revisó la heladera en busca de inspiración, o de una idea que le solucionara el compromiso del que no había tenido la habilidad de deshacerse. Unos pepinos, tomates y un trozo de queso cortado fueron una ensalada. Encontrar una bolsa de pan en rebanadas sin abrir, la liberación, lo más fácil fue que después apareciera jamón, o interponer entre los panes unos cortes del queso que ya tenía.

Al salir de la ducha, Ana sonrió ante el almuerzo improvisado.

- ¿Qué tal? –dijo Matías, entusiasmado-; comida francesa: Chegousan.

Ana se rió breve la puerilidad, dijo gracias y le regaló una fugaz apertura de la toalla que la cubría. Al rato regresó a la cocina, donde Matías había comenzado su incursión en la ensalada.

- Odio no poder cambiarme de ropa.

El almuerzo transcurrió agradable. Comentaron la visita al hospital, planearon la del día siguiente, que haría él solo, y la compra de entradas para un concierto que Ana quería ver en Bercy. Matías participaba de la conversación pero no dejaba de darle vueltas a la idea que le había disparado la revelación de la luz del cuerpo desnudo de Ana alejándose. La decisión era quedarse, pero tenía que construir esa decisión con los pequeños actos del cómo hacerlo. En qué trabajaría. Cómo decírselo a Ana, que probablemente se alegraría. Cómo a Paula, que seguramente lo contrario. Qué hacer con el pasaje de vuelta. Qué cosas dejaría colgadas en Buenos Aires. Casi todas cuestiones de maneras, toda opción diferente a quedarse en París, quedarse en Ana, le era sencillamente antinatural.

- ¿Estás bien?

Ana lo notó ausente, y quiso saber.

- Bien, sí. Todo bien.

Matías no quiso apurar las cosas, y prefirió pensar la manera de hacerlo. Se deshizo de sus pensamientos como pudo y regresó al chegousan, del que quedaba solo el último bocado.

Treinta y cuatro

¿Cuándo empieza una mujer a ser la mujer de uno? Esta pregunta acompañaba a Matías desde hacia algunas horas, desde que había recuperado la soledad en la puerta de la sala donde ensayaba Ana en ese preciso momento.

Nunca. Esa es la respuesta correcta, aunque entonces la ignorara. Nunca –había dicho Mario unos días atrás, cuando Matías se había atrevido a preguntar-, excepto esos períodos muchas veces indescifrables y siempre ingobernables de tiempo (minutos, semanas, años, de nuevo minutos) en los que una mujer se siente compenetrada con la vida de un hombre, y no es "de" sino "con" ese hombre. Pero nunca está asegurado el día siguiente, decía Mario, el viento puede cambiar por la contingencia más insignificante a los asombrados ojos masculinos. Siempre es día a día, siempre es atención, siempre es estar. Sobre todo es estar. Aun así, no es prudente fiarse porque todo es mutable. Si ellas no son capaces de controlarlo, menos puede hacer el hombre. Si Ana no estaba segura de en qué punto se encontraban, Matías no era, al decir de Bertini, sino una hoja suelta de la rama y entregada a la voluntad del aire. El reposo más prolongado puede transformarse en remolino sin avisar, sin explicar.

Esto, por supuesto, no tranquilizaba a Matías, que tampoco tenía del todo claro lo que quería, si es que algo quería, pero sí el día siguiente, sobre todo la noche siguiente, el próximo fuego. No se aventuraba por recovecos sentimentales, le había diagnosticado Mario unos días antes de enfermarse, en el living de su departamento, y eso al fin y al cabo tenía sus ventajas. La principal era que no corría riesgos de dolor mientras no quisiera explicarse demasiado las cosas.

- Y sobre todo –había dicho Mario-, mientras no cometas el inevitable error de caer en ese mar dulce que algunos llaman enamorarse. Una vez que atravieses la línea, y lo más probable es que lo hagas, no será tuyo ni el calzoncillo que llevás puesto. Todo, la razón, tu tiempo, tu furia, tus opiniones y tu descanso van a ser propiedad exclusiva de ella. Y vas a pasarla mal.

Mario parecía hablar con conocimiento de causa. Era para confiarle una jugada, al menos, Y si salía mal, era otro el que se equivocaba.

Treinta y cinco

Claro que no era inmune a las palabras. Claro que le importaba que los chicos lo admiraran por su aventura, por el coraje de prolongar su estancia en Europa, que lo extrañaran y se lo dijeran. Se buscó el crujir de los dedos para sacarles las emociones de dos horas casi completas de responder correos electrónicos de Buenos Aires, con algunas noticias que sus amigos le mandaban para no perderlo de la actualidad del grupo y de la ciudad, con un par de noticias familiares y una muerte entre el grupo de renombrados del país. Y de contestar preguntas. Y de explicar diez veces las mismas tres anécdotas de esos días, siempre omitiendo la historia con Ana, y las mismas tres o cuatro curiosidades de París. En los dos últimos había copiado, pegado y adaptado el texto del correo anterior, pero igual estaba agotado. Mucho movimiento en su cabeza emocional. Mucho retenerse el regreso. Estaba verdaderamente agotado y eran las diez de la mañana.

Se sirvió en todo el silencio que fue capaz un segundo café y lo puso a calentar en el microondas. Cuarenta y cinco segundos, ya le estaba tomando la mano. Dos antes del final abrió la puerta para evitar que los tres pitidos finales despertaran a Ana, que dormía en la habitación.

Con la taza en la mano se asomó a la puerta para comprobar que fuera así, que no se había despertado y quería su café con leche de comenzar los días. Ya habían compartido algunos y era su modesto conocimiento de ella. Ana estaba de costado, con el cuerpo destapado hasta el remonte de la cadera y los ojos indudablemente dormidos. Se pasó la mano por los ojos, previniéndolos de la oscuridad de cortina a la que se adentrarían, y dio cuatro pasos que apenas crujieron de madera hasta la silla de la habitación, que solía recibir la ropa de la noche, junto a la cómoda.

El primer sorbo fue casi a ciegas. Poco a poco se adaptaron los ojos a la penumbra, y aparecieron las facciones de Ana dormida, el filo de la nariz, la curva del maxilar, la expresión de serenidad. Es hermosa, pensó Matías. Nunca había estado con una mujer mayor que él, tenía clasificada la situación como un desprestigio; nunca falta el apodo crítico hasta la laceración entre amigos sinceros que se quieren de verdad. Por eso no había dicho nada entre los más cercanos. Para qué dar carne a las fieras. Si estaba feliz y Ana era hermosa. La miró fijamente durante unos segundos, vio aparecer su cara de lo oscuro a su adaptación de pupilas, sin prisa. Pero luego descubrió el brazo desnudo que descansaba sobre la sábana, la palma sobre el algodón, doblado el codo ocultaba el pecho. El hombro se acercaba levemente forzado hasta el cuello, luego del hombro comenzaba el torso, la línea dibujada entre la piel y el camisón hasta el punto bajo de la cintura, que luego remontaba en una curva magnética hasta el asomo de la cadera, hasta la orilla del edredón discreto.

Lo pensó. Era tan fácil estirar el cuerpo y luego el brazo y luego la mano, y con un entente del pulgar y el índice correr con suavidad el abrigo, dejar al descubierto los centímetros de satén o de piel, el descenso de la cadera, las piernas largas de Ana, que eran sin duda su mayor atractivo, aunque ella pensara otra cosa, aunque lo creyera más vulgar. Pero eran sus piernas las que ponían en movimiento su deseo, sobre todo cuando caminaban dos pasos por delante. Eran sus piernas. Las mismas que respiraban debajo de un tejido de algodón a un metro y medio de sus ojos. Prefirió observar, tomar lo que la mañana le ofrecía sin intervenir en el desnudo dormido de Ana. Y al tiempo que pasó no lo sintió apenas. En la sala dio el mediodía y él solo lo supo veinte minutos después, cuando pasó frente al reloj para bajar a comprar el pan y un par de cosas más para que ella desayunara bien cuando se despertase. Lástima que no hubiera donde comprar facturas en París, le habría gustado compartir con Ana un sabor propio de sus mañanas de festejar la vida.

Treinta y cinco

Ana caminaba por el boulevard Sebastopol, sin ir hacia ningún lado, pero con un destino. Entró en un Monoprix para aliviarse el frio, que había comenzado a caer en finas puntas de agua sobre la única piel disponible, la de la cara. Miró las góndolas, renunció al chocolate y enseguida se aburrió. Salió sin haber comprado nada, la lluvia había retrocedido y los turistas volvían a invadir el Boulevard.

Continuó hacia el río y ese chico continuó en su pensamiento. Este pibe. Ya conocía la historia, un juego para comenzar, luego la duda, luego la esperanza de que esta vez. Luego el café con leche. Luego las otras dudas, que la edad, que la madurez, que la ternura. Sin duda ese chico había ido más allá de la puerta que le había abierto en su momento, cuando la esperó a la salida del bar, apenas comenzado el otoño. El había ido más allá y ella lo había dejado ir; era tan fácil acostumbrarse a su calor, a su irracionalidad, tan atractiva su temeridad, sus brazos fuertes. Decir no era una montaña difícil de escalar en esos días, y ella solo tuvo fuerzas para dejarse llevar. Era consciente de la liviandad de esos encuentros, incluso cuando Matías presentó su cepillo de dientes en el vaso junto al de ella, y eran los días que dormía en casa de Mario los excepcionales. Nunca había encontrado razones sólidas para oponerse a los pasos. La evolución siempre le había parecido natural. Aunque se preguntaba hasta dónde, cuál sería el límite de Matías, lo había dejado hacer. Al pasar por la tour de Saint Jacques, una nueva ternura le sobrevino y era Matías. Las cartas le decían que no: demasiado joven, demasiado recién llegado, demasiado argentino, su intuición le decía que adelante con los faroles, que por qué no iba a ser una oportunidad, que qué simbólico lugar para decidir iniciar un camino. Pero algo le tironeaba desde hacía unos días, una nimiedad para los antecedentes de conflictos de los últimos años, pero la inquietaba. Una cuerda tensa que no la dejaba moverse con naturalidad, ni recibir, ni planear. Había realizado todos los rituales recomendados por los expertos para desexorcizar los lugares de la ciudad compartidos con el del candado (el primero: no lo nombrarás, el tercero, no lo sacralizarás), había superado todas las pruebas (el quinto: no atenderás sus llamadas, el séptimo: no rondarás su casa), había cumplido todas las promesas (el octavo: no hablarás pestes de él, el noveno: no lo odiarás aunque se lo merezca), y aun no había conseguido deshacerse del todo de una incómoda ausencia, de un vacío pequeño y permanente que le condicionaba la libertad de entregarse al vacío de una historia de probable amor. Aunque no fuera Matías, pero podría serlo.

Cuando está a veinte metros del Pont Saint Michel se da cuenta. Era un lugar evitado, uno de los pocos de París por el que eludía pasar, de hecho llevaba casi diez años sin cruzar el río por ese puente, mucho menos acercarse a las copas de los árboles que llegan al Quai des Orfèvres, y que nacen en el paseo inferior, sobre el borde del Sena, un camino de adoquines y recuerdos negros. No sabe qué impulso la llevó, tanto tiempo después, tanto tiempo de rodear el lugar, del círculo secreto impenetrable. Se habrá descuidado o no sabe. Pero el territorio ha sido violado, ¿Cómo alejarse ahora, que tiene la memoria de las piedras rodeándola, cubriendo la huida? Imposible. Como impensable algo así en pleno centro de París. Absurdamente cerca de la policía. Imposible evitar acercarse, bajar las escaleras recostada contra la pared, protegerse sin sentido del vértigo del dolor, del tiempo que pasa sin curar. Camina lentamente, vacila un fragmento de segundo a cada paso, baja un escalón más. Cuando su pie derecho roza el primero de los adoquines siente un vahído y por un momento lo retira, teme desmayarse, siente que no puede más, sube dos escalones. Pero se rehace y sigue, y llega al segundo árbol, donde tuvo que defenderse de la brutalidad, y donde resistió con todas sus fuerzas mientras luchaba también con el pánico que la iba ganando, con la certeza de lo inevitable, hasta el tercero, donde ya no tuvo más fuerzas, donde siguió peleando sin ellas, donde el amor se detuvo. Dieciséis años habían pasado. No había regresado porque temía lo que estaba sucediendo, que las sensaciones de la piel regresaran exactas por fuerza de la memoria, viva y acechante aun en el paisaje, y en el monstruo que le crearon dentro.

Ahora la memoria la traicionaba con fragmentos de conciencia alternados con blancos, y no supo de qué manera había llegado a sentarse contra el muro de piedra y descender su cuerpo hasta sentarse en el suelo mugriento, ni en qué momento había comenzado a llorar sin poder detenerse. Un llanto copioso y mudo, que no pudo contener ante la indiferencia de cuatro paseantes, ni ante la preocupación del quinto, que se agachaba y le tendía el brazo y le preguntaba si la podía ayudar.

La insistencia del hombre, pasados los cincuenta, cuyo origen árabe que le rizaba el pelo corto y le torcía la nariz, la hizo regresar a Ana, para esforzarse en dibujar una sonrisa de declinar la oferta, y en incorporarse poco a poco para conseguir tranquilizar al hombre y recobrar su soledad. Cuando lo consiguió, Ana se limpió como pudo la huella de las lágrimas con el dorso de la mano y encaminó sus primeros pasos hacia la escalinata. Desde el empedrado, junto al primer escalón, miró hacia arriba. Treinta y siete escalones eran una cuesta difícil y no le quedaban casi fuerzas. Una mujer bajaba con un paraguas abierto, aunque no llovía, ni mucho menos hacía un sol de canícula. Inspiró y calculó mientras esperaba que la mujer bajara hasta el nivel junto al río, y le molestó la mirada de menosprecio, a la que nunca pudo acostumbrarse, a pesar de su frecuencia. El primer paso se le hizo casi imposible, como el segundo, pero en el camino encontró las fuerzas que la llevaron al punto más alto, de regreso a la calle, a París. Un grupo de turistas llenaba con su nubarrón vacilante el extremo del puente a la espera de la siguiente instrucción del guía. Ana se turbó al encontrarse con el grupo, con el ceño grave giró bruscamente y caminó rodeando hasta tomar el Boulevard du Palais, hacia el norte, hacia lo que tenía por vivir.

Treinta y seis

La evolución no había sido la esperada, y en cosas de hospitales la dinámica de los primeros días suele ser determinante. Llevaba seis días internado cuando la primera noticia que había tenido era de dos y luego reposo en casa. Por un lado le preocupaba que Mario pudiera empeorar, tener que darle la noticia a su madre, sentirse obligado a atenderlo, una vez que había decidido quedarse en   París. Por el otro, tenía que reconocer cierta afección, un brote perceptible de algo similar al cariño. El viejo era amigo de mamá, se notaba que se tenían un afecto especial, y había crecido escuchando anécdotas de las que era parte, y lo cierto era que se había portado muy bien con él.

Como fuera, Matías llegó al hospital con cierta niebla de preocupación, y lo primero que hizo fue buscar al doctor Martínez, con acento graciosamente agudo, que era el único que hablaba castellano y se había prestado a explicarle la evolución del paciente Bertini. Tuvo que esperar que terminara una ronda, y cuando lo vio lo saludó amablemente.

- Estamos algo desorientados, amigo mío –dijo Martinez, que pronunciaba las erres y las ies al modo francés-, su amigo ha mejorado su función cardíaca, pero está teniendo alguna complicación cognitiva, parece ser que el accidente cardiovascular ha abierto la puerta a otro tipo de deterioro. De todas maneras lo estamos observando con atención, tenga fe.

No supo preguntar, o la dimensión del temor era mayor de lo que suponía. Entró a la habitación donde reposaba Mario, que ahora tenía una vía de suero en el brazo izquierdo, y la piel más pálida. Se sentó en un sillón antiquísimo que había junto a la cama y preparó los documentos que le había pedido, y que había dejado en un cajón, para cuando despertara Mario. Pensó que habría debido traer música él también, si pensaba pasar un rato ahí; encontrar dormido al viejo era una posibilidad que no había previsto. Igual tenía el mp3 descargado, no había retomado la rutina de la carga en casa de Ana y era comprensible, habían sido días revueltos e intensos, en los que su individualidad se había diluido en la piel de ella. Pero estaba solo, sin la certeza de cuándo despertaría Mario, y la música sería una ayuda para pasar las horas.

Por no olvidarse de entregarlos, pensó dejar lo que había traído en el cajón de la mesa junto al sillón, y entonces vio el reproductor de música, algo anticuado, y que seguramente no utilizaría demasiado tiempo. Si lo usara una hora no lo perjudicaría, casi nada. Una horita. Antes de ponerse los auriculares comprobó que durmiera, y se entregó al azar de la música.

Algunas cosas conocía. Osvaldo Pugliese le sonaba porque Paula detenía lo que estuviera haciendo cuando lo escuchaba en la radio, y a Miguel Cantilo por unos conocidos, y a Serrat, también por su madre, y Joaquin Sabina, que sonaba en la radio, y MClan, y desde luego Rolling Stones. Después, el eclecticismo de su desconocimiento lo hizo desistir al cabo de algo más de quince minutos. No conoció a Brassens, ni a Piaf, ni a Osvaldo Fresedo, Donato Racciatti, Los Fronterizos, Sandro, Edmundo Rivero, Chopin, Rita Pavone, Joan Baez, Leonardo Favio ni los Conciertos Brandemburgueses, que convivían en musical armonía de diversidad en el reproductor. Lo apagó y lo guardó en el cajón, junto a la billetera y la tarjeta, que había dejado aparte.

Una enfermera entró a controlar la presión y la temperatura de los pacientes, comenzando por Mario. Era una mujer cercana a los cincuenta, oronda y mofletuda, negra como un tizón y con mirada alegre. Mientras esperaba miró a Matías un instante, y sonriendo le dijo algo, que él no entendió. Igualmente le respondió con una sonrisa y una inclinación de cabeza. Se le hacía una maraña incomprensible ese idioma en las bocas Parísinas, que solían hablar deprisa y cercenando las palabras hasta el argot. La enfermera repitió la operación con el paciente de la otra cama y salió. Matías pensó que había algo de Ana en su gesto de sonreír. Ana tenía algo que se quedaba en él cuando no estaba, que la hacía siempre presente.

Un rumor áspero de la garganta de Mario interrumpió el pensamiento, y Matías se acercó a la cama. Esta vez se colocó del lado de la ventana, para que no tuviera que esforzarse en acomodar el cuerpo para hablar con él. No había abierto los ojos, pero quiso dejar cerrada la responsabilidad de los documentos.

- ¿Cómo estás, Mario? Te traje lo que me pediste.

El hombre abrió los ojos y demoró un instante en acomodar la mirada al contraluz. Le hizo señas de que se acercara. Matías se inclinó hasta casi rozar la oreja izquierda y repitió su mensaje.

- Te traje la tarjeta, y la billetera, están en al cajón. Y tenés también la música, si querés te la alcanzo.

El viejo lo miró y la sonrisa fue amplia como el corazón que se ensanchaba. Apoyó una mano sobre la mejilla de Matías.

- ¡Paulita! ¡Qué linda estás!

Había hablado en un susurro, y con la alegría temblándole en la voz, y el impulso de la sonrisa y de las palabras y de la cercanía se hicieron fuerza en un acercamiento, la cara del viejo y la del joven, los ojos de Mario que se cerraban y los de Matías que se abrían de asombro y de horror al comprender, y luego el intento de salir, de terminar con el asco, y la mano de Mario que no necesitaba pedir permiso en la nuca, y Matías invadido por un relámpago de comprensión y de piedad, dejó de forzar el cuello hacia atrás, cerró los ojos e intentó pensar en otra cosa hasta que los labios temblorosos y húmedos de Mario terminaran el beso que había empezado casi cuarenta años antes. Y agradeció a los dioses que la lengua se abstuviera.

- ¡Te esperé tanto! –dijo a la figura al contraluz- ¡Estás tan hermosa!

- Vos también –respondió Matías, temblando de desagrado y de tristeza-, estás muy lindo. Pero ahora descansá.

- ¡Pero ahora que viniste…!

- Tenés que descansar. Yo me quedo acá con vos y te cuido.

- ¡Ufa, che! –rezongó Mario, y dejó caer su cabeza de nuevo sobre la almohada.

Matías salió de la habitación y busco un baño donde enjuagarse la boca. Luego vendrían un croissant, un *pain au raisins*, una cerveza demasiado temprana y toda la tarde de recuperación. Con el tiempo, con los años, vendría el orgullo íntimo de haber ejercido la sabiduría de la piedad para con otro ser humano, aunque prefiera todavía no contarlo.

Treinta y siete

En realidad la ciudad lo abrumaba un poco cuando intentaba calcularla. Las pocas referencias que había conseguido, veinte minutos desde Porte de Clignancourt hasta Les Halles, veinticinco hasta Saint Michel, siempre que la línea 4 no tuviera ningún problema, circunstancia infrecuente. Desde el dieciocho hasta La Ruelle había ensayado tres recorridos diferentes, siempre alrededor de la media hora. Pero estos tiempos los conseguía con el metro; por la superficie la ciudad se extendía entre una y otra estación, y se ensanchaba en avenidas amplias, en plazas, en edificios que hacían el camino más largo. Por las calles la ciudad era más grande aun, los tiempos más lentos. Llevaba varias semanas y no podía evitar un regusto de frustración cuando tomaba conciencia de cuántos lugares de París ignoraba, de cuántos rincones no tenía sospecha de que existieran. A veces recorría la ciudad en un mapa, trataba de memorizar nombres de calles, de estaciones, pero era todo tan inabarcable. ¿Cuántos meses habrían pasado hasta que Ana incorporara la ciudad a su memoria? Muchos, probablemente algunos años. Tal vez hubiera lugares que aun no conociera, y que podrían descubrir juntos. La ciudad lo abrumaba en realidad cuando intentaba intuirla. Y no podía evitar un brevísimo pánico, un deseo de circunscribirse al barrio, limitarse a lo conocido y ahorrarse una nueva extranjeridad.

Irreductible, inabarcable se le hacía París. Lo abrumaba y lo incomodaba, una violencia que no había conocido en Buenos Aires, agravada por el muro de la lengua, lo ponían en una sensación de indefensión casi absoluta. No podía responder a un insulto, ni defenderse de una estafa callejera, ni decidir qué hacer cuando un anuncio de los altavoces movilizaba al pasaje del metro. Cuando en una situación absurdamente repetida una cajera del supermercado le preguntaba si tenía la tarjeta cliente, se le despertaba el sentimiento de inferioridad contra el mundo, un mar a beber, una montaña que escalar para una pavada, un sapo de otro pozo. De otro pozo lejano.

Al mismo tiempo, le iba germinando una fascinación por la ciudad que no había previsto. No era el *glamour*, no era la historia. Tampoco era colocarse en la opinión de los otros. Era algo. Algo propio. Algo que aparecía dulcemente entre la ciudad y él, algo en común que se manifestaba y que no sabía definir. Pero aun así era difícil sentirse parte.

Treinta y ocho

La idea sobrevino a un pensamiento sobre los ríos que atraviesan las ciudades, sobre el establecimiento de las primeras casas, de los primeros comercios, de los primeros servicios. En qué momento habrían sabido los primeros habitantes de la isla de la Cité que se quedaban. En qué momento habrían tenido conciencia de ser un algo, un asentamiento, una minúscula sociedad.

De los polvos de quedarse otros a veces vienen los lodos de quedarse uno. La sucesión de ideas fue tan natural que Matías ni siquiera se detuvo, estupefacto por la revelación, en medio del Quai, en el extremo de la audacia. Siguió al paso que traía, y un momento después lo apuró, empujado por el nuevo futuro y la energía de comenzarlo cuanto antes. Para llamarla tenía que esperar un rato, todavía, el ensayo terminaba en menos de una hora.

Lo tomaría bien. Además Mario lo necesitaba. Por ahora parecía que no evolucionaba del todo bien, y podía necesitar que le llevara algún documento más, o que hiciera un trámite o que comprara un agua sin gas. No iba a dejarlo así. Pero le iba a gustar, ella también había llegado a París, ella también se enamoró de la ciudad, terminó quedándose. Lo tomaría bien. Le iba a ir bien. Tenía que conseguir un trabajo, de cualquier cosa, bueno, casi cualquier cosa. E iba a hacer lo que ella le decía, aprender francés. Era un idioma pesado, pero si se quería quedar en París… Sentido común. Ella salía en menos de una hora, podría pasar a buscarla.

Tenía que llegar a ella con el entusiasmo de quedarse. Tenía que decírselo con un plan de mantenerse, un trabajo en el que no fuera el francés una herramienta fundamental, pasear perros, cartero, trapito, mimo callejero. La clásica, profesor de español. Tenía que demostrarle un coraje vecino a la temeridad, y una decisión suicida. Ella era una parte importante de su decisión, y necesitaba su apoyo. Decírselo era el primer paso de quedarse, y era al fin importante su reacción.

Deshizo paso a paso el tiempo que le quedaba hasta encontrarse con Ana con una confianza que crecía a medida que el paisaje de París se deslizaba invisible a su lado. No podía sino alegrarse de su decisión.

Treinta y nueve

En los gestos pequeños se había ido forjando la confianza: en postergar por teléfono un encuentro, en contemplar el sueño del otro, en pedir más. Los días habían ido pasando para bien, y los dos comenzaban a sentirse un poco los dos. Saber cercano a un desconocido es una revelación de la alegría. Iba a ir a buscarla, pero antes de la medianoche Ana lo llamó para cambiar apenas los planes de trasnochar por las calles. Había cruzado su pensamiento una idea, una que hasta hacía unos días no tenía lugar, pero entonces, tal vez. Y no era porque se aburriera, cómo aburrirse con un chico como Matías y marzo a punto de explotar en la ciudad. Todo era promesa de lo bueno. No era aburrimiento, era un poco más, un paso más a ver qué sucedía, un escalón más para probarse, aunque no sabía qué. Matías estuvo de acuerdo, por qué no estarlo, él se dejaba hacer y toda propuesta era buena. En lugar de pasar a buscarla por La Ruelle la esperaría por el barrio; ella iría lo antes posible a la salida del bar, y lo encontraría en la puerta.

Había caminado por Madeleine hasta Saint Lazare, y de allí hasta Place de Clichy. A esas horas de la noche París se apaciguaba y le dejaba una soledad a medias, ojo avizor a los desquiciados de la madrugada, no fuera cosa que un descuido le generara un disgusto. Algunas palabras que había incorporado le servían de escudo, pero todavía se sentía inerme ante cualquier diálogo callejero; detrás de toda frase adivinaba una injuria.

Si Ana salía a las tres, sobre las cuatro menos veinte estaría en casa. Faltaban ocho minutos para que saliera y Matías calculó si podía llegar a tiempo caminando. Sobre todo si no sería una demasía la caminata, sobre todo si no llegaría cansado a la idea de Ana.

En el inicio, la rue Caulaincourt es también un puente de metal gris, con remaches a la vista y las imágenes de un cementerio entre las barras de hierro. A varios metros de altura al principio y a un salto medianamente ágil al finalizar, el cementerio de Montmartre ejerce de fondo gris de la calle durante unos noventa metros. Matías los atravesó de noche cerrada, con el gris más oscuro en los muros y el corazón en un puño. Tanto, que al llegar al final del puente siguió caminando por Caulaincourt, sin detenerse a elegir el mejor camino, que tal vez tampoco conociera. Anduvo la cuesta casi imperceptible, dobló su camino con la calle, observó las escaleras hacia lo alto de la Butte. Sin conocer del todo el paisaje, eligió entre el azar y el desconcierto una calle para girar hacia la izquierda, donde suponía estaba el departamento de Ana, y el alivio lo hizo sonreír cuando distinguió la esquina del café Nord Sud, place Jules Joffrin.

Llegó unos minutos después de la hora y aun así tuvo que esperarla. La calle Letort estaba tranquila, de vez en cuando pasaba un grupito de tres voces que resonaban en el silencio, o alguna pareja que se susurraba las últimas promesas de la noche, que no alcanzaba a escuchar y tampoco entendería.

Costumbres del barrio, supuso que quedarse esperando en el portal lo convertiría inmediatamente en sospechoso, cuando no culpable de un delito indefinido que flotaría en el aire sin decantarse necesariamente; entonces anduvo arriba y abajo la calle, entre Championnet y Versigny. Leyó las placas por los muertos por la patria, curioseó sin entrar demasiado en un pasaje, fue y vino hasta que distinguió la silueta diminuta de Ana, o mejor su manera de andar flotando sobre la vereda a lo lejos. Ella sonrió, o fue tan amplia la sonrisa de Matías que la vio reflejada en su paso acercándose. Se besaron justo delante del portal.

El no necesitaba excusas y ella no las dio. Habían sido veinticinco apenas los minutos de desfase. Ana preparó café apenas entraron y Matías se acercó por detrás y la tomó de la cintura mientras ajustaba la rosca de la cafetera italiana, pero ella se deshizo luego de un beso tierno y le dijo tomemos el café, aunque era notorio que traía en la sangre la velocidad del trabajo y de la música, mientras Matías luchaba contra la bruma soñolienta que aparecía por detrás de sus ojos. El necesitaba ese café mucho más que ella.

No se enojó. Sus manos habían buscado la cintura de Ana como por mandato, sin que el deseo las llevara sino antes un entendido deber de iniciativa. Se sentaron en el sofá, Matías apoyaba la taza en la rodilla derecha, Ana la tenía entre las manos, y lo miraba a través del vapor mientras le contaba las variaciones sobre las mismas historietas del trabajo, a la pregunta de él. Hasta que, cuando el vapor ya había menguado hasta la nada, unas chispas de picardía en la mirada de Ana vinieron a participar. Él las vio, pero no supo bien cómo leerlas.

- Ahora vengo.

El la vio levantarse y salir hacia la habitación. Le quedaba bien el pantalón de algodón, color del vino rojo. Ojalá fuera a cambiar de opinión, sintió Matías, pensó su libido, con un nuevo deseo apareciendo en el cansancio de las cuatro y media de la mañana. No necesitaba lencería especial, ni posturas insinuantes, le bastaba con imaginar lo que ocultaba el pantalón borravino para encontrarse de nuevo, con un poco de tiempo.

Ana reapareció al cabo de un minuto, sin encajes pero con una caja de Cohibas sujeta entre las manos.

- Tengo una sorpresa.

Se sentó junto a Matías y con ceremonia de complicidad abrió la caja y saco un sobre de correos de papel con una estampilla de Mendoza, y de él unas hojas verdes, vegetales, ilegales: marihuana.

- Hace mil años que no fumo –dijo Ana- ¿Querés?

Sin esperar respuesta separó un papel y colocó algunas hojas encima, mientras observaba la reacción de Matías. Él no había vuelto a fumar desde que había llegado a Europa, le daba pánico desconocer las costumbres y quedar en evidencia, arriesgarse a tener un problema por una tontería, y se había abstenido hasta entonces. Pero en casa de Ana se sentía a salvo, protegido por la noche y por el control de ella, tantos años en París, tanto código aprendido. Le puso suspenso pero casi sin ganas, y tampoco iba a escandalizarla si rechazaba el convite. El aroma metálico y dulzón del humo estiro su brazo para recibir el cigarro artesanal.

Aspiró con ganas, para qué negarlo. Dos veces. De repente las restricciones ganaban fuerza al dejarlas de lado, y saboreando el humo se dio cuenta de la dimensión del deseo que tenía de saborear el humo. Ana volvió a levantarse y volvió a salir hacia la habitación y Matías volvió a observar el baile de rojo vino intenso y volvió a sentir el cosquilleo del sexo, ahora más libre.

- ¿Adónde vas?

- Vuelvo enseguida, Matu – respondió ella desde el otro lado de la pared-, me olvidé el cenicero. Y de paso traigo agua.

Algo más que eso habrá hecho, porque regreso recién al cabo de un rato largo a la percepción de Matías, un par de minutos cortos en la realidad, lo suficiente para encontrar el cigarro notoriamente disminuido y la cabeza de Matías apoyada contra el respaldo del sofá. Los dedos de la mano derecha era la única zona del cuerpo que mantenía en tensión, el pucho enhiesto entre el mayor y el índice; lo demás había sido ganado por una laxitud inesperada a esa altura de la noche: el tronco apoyado sobre el respaldo, el brazo izquierdo caído a un lado, la mano abierta con la palma hacia el techo, las piernas estiradas. Tenía los ojos cerrados y los abrió al cabo de un momento, cuando percibió la presencia de Ana.

- ¿Qué te pasa?

La voz de Ana no estaba preocupada todavía. Matías la miró, esforzándose en poner en foco su imagen. Al darse cuenta de que no podía, arqueó las cejas con una risa breve.

- Nada, todo bien. Lindo faso, ¿eh?

Ana no pudo reprimir a su vez la risa, mientras lo miraba desbarrar. Hasta la duda. ¿Le saqué las semillas?

- ¿Vos me viste sacarle las semillas?

- ¿Qué semillas? – preguntó Matías.

Pero ya estaba de viaje, en medio de un vals a mil tiempos, con recortes de la realidad y de la memoria confundiéndose. Hablaba, quería tranquilizarla, estaba bien, pero luego quería recordar que había hablado y no sabía si estaba hablando de nuevo, de nuevo quería tranquilizarla, o si recordaba que había dicho algo para tranquilizarla, o si era la primera vez que había pensado en hacerlo. Cortes de tiempo, de acciones, de memoria se sucedían sin continuidad ni pausa, uno junto al otro y a la vez lejano, aun más lejano, con la poca atención puesta en no quemar el sofá con la brasa que Ana ya le había quitado y apagado sobre el cenicero, y con un fondo de mareo leve y el amanecer de unas náuseas de los últimos días. ¿Ya le había dicho que estaba bien? ¿Que no se preocupara? ¿Se había quemado ya el sofá, la sala, el país? Ella le había preguntado algo, pero no sabía qué era. Algo era. ¿La había visto sacarle las semillas? No, no la había visto. ¿O sí? ¿Cuánta noche había pasado? ¿Había llegado a tiempo a la hora que le había dicho? El peso del cuerpo se había duplicado, mover los brazos era una empresa de dimensiones desproporcionadas. Pensó en la altura, en la ventana, en la ventana, calculó si era capaz de controlar sus acciones para no abrir la ventana y volar al cielo de París, ¿la había visto sacarle las semillas? Pensó en la ventana, en aferrarse al sofá para no lamentar pérdidas cuando el globo pasara. Pensó en Ana. ¿Habría sacado las semillas? Era una suerte contar con ella a su lado. Tan hermosa, tan serena, tan Ana. Ella iba a cuidarlo, ella se interpondría entre su deseo de volar y la ventana, entre el cielo de París y la ineludible gravedad que condenaría a su cuerpo. El tiempo se fragmentaba, y el pensamiento, y el recuerdo del pensamiento y del tiempo en tiras de memoria y de vacío que no siempre era capaz de ordenar. Y el peso de la cabeza. Y la ventana con el cielo nocturno de París. Quería explicar lo que le sucedía y entonces los fragmentos fueron de discurso. Frases incoherentes y risas que testimoniaban el absurdo. La conciencia a medio gas, o en otra dimensión. Qué suerte tener a Ana, que paz recostarse en su regazo y sentir el alivio de su proximidad, su cuerpo seguro, sus brazos protectores, su pecho tranquilizador. Pensó en la ventana que ya no era una amenaza. Pensó que la forma verdadera del amparo es el amor. Pensó en una piedad moderna, en la piedad de las semillas, se imaginó la figura que estaba componiendo con Ana, qué bueno contar con ella, y qué lástima que no hubiera nadie para verlos.

Ana se había dado cuenta de su error un instante después de entrar en la sala, y se quedó junto a Matías desde ese momento, sentada frente a él al principio, luego a su lado, luego abrazándolo. Durante una hora y diez minutos lo abrazó, y no se durmió hasta que no estuvo segura de que él se había dormido. Entonces, sin deshacer el abrazo, cerró los ojos y descansó.

Cuarenta

Ya le dijo que se quedaba, ya recibió la medida alegría de la mujer que había provocado su deserción de los trenes, ya había digerido la diferencia de entusiasmos. Ana se había alegrado sinceramente, pero la forma de la alegría no era la que la inseguridad de Matías esperaba. Y aunque le costaba aceptarlo, no podía evitar sentir que su tiempo había sido dulcemente invadido. Invadido, finalmente. Un chico dulce, con el atractivo de los veintipocos años, impulsivo como había sido ella alguna vez. ¿Cómo decirle que no? ¿Cómo decirle que es una locura, quedarse a vivir en un lugar sin saber el idioma, en una ciudad con la violencia siempre dispuesta, sin plan, casi sin padrinos? ¿Cómo cuando se reía con él, con las palabras que traía del presente de su ciudad, cuando la juventud había refundado la sensibilidad de su piel y vivía en el aire? No se veía capaz, no tenía ningún deseo de asumir el papel de representante de la racionalidad, máxime cuando no solía ser una compañía habitual en su vida.

Con la novedad anidando en el esternón hizo el ensayo con Frank, Pierre y Sebas, con cinco temas de los que había elegido Ana. Un buen ensayo, casi un tercio del repertorio tocado por primera vez y, aunque faltaban algunos ajustes, el resultado había sido bueno. Sebas había traído dos temas suyos para incluir en el repertorio, de los cuales uno le gustaba y el otro no del todo. Quedaron en hablarlo la próxima semana, aunque Sebas comenzaba a insistir al final del ensayo, defendiendo su estilo antes incluso de conocer la tendencia del debate. El timbre liberó al grupo de una segura discusión, y detrás del timbre apareció Matías; mojado el pelo y el pantalón por la lluvia, y no demasiada predisposición a la amistad. Ana miró su reloj lo esperó en el lugar que estaba, guardando el micrófono y las partituras, y lo saludó con un beso superficial. La contrarió como no esperaba, una molestia nueva a la que prefirió no prestar demasiada atención, y dejar pasar sin mencionarlo. Matías quiso repetir el beso pero Ana volvió a la tarea de acomodar las cosas del final del ensayo. Buscó entonces un rincón, y una superficie sólida donde sentarse, y desde ahí observó los movimientos de los músicos. Ana se movía con naturalidad en el grupo, marcando los tiempos y dejando hacer a los demás.

No tenía margen para saber por qué se sintió incomodo, enseguida ofendido. Ana estaba a gusto en un ámbito del que era ajeno, lo que lo convertía en ajeno a una parte de Ana. Una idea simple, digna de espíritus simples. Le incomodaba quedar fuera de algo que tuviera relación con ella, aunque hiciera solo algunas semanas que se conocían. Mucho más cuando uno tenía cara de dormido perpetuo, otro de yonqui en abstinencia y el tercero tenía una pinta de baboso sin remedio.

Eso era lo que le molestaba. Ana estaba creando un ámbito propio, con reglas que desconocía, y con un material emocional que era capaz de provocar complicidades íntimas de las que él quedaría al margen. No tenía derecho, desde luego, ni siquiera a pensarlo. Pero lo pensaba. Ana era una persona ajena a su vida que había ido materializando una entidad. De una mujer grande, más de una década mayor que él, lejana en lo que hubiera imaginado para compartir la piel, se había ido transformando delante de sus ojos en cercana, en apetecible, en deseada. Y al mismo tiempo, creaba un espacio al que él no tenía acceso.

Le creció el deseo de irse, de salir de ese lugar sin ventanas, de buscar el aire de la calle. Minúsculo, feroz. Ana también estaba visiblemente incómoda con la incomodidad de Matías, que caminaba acorralado por el rincón. Pidió un descanso de cinco minutos que dos de los músicos aprovecharon para salir a la calle a fumar.

-   Vamos a estar un rato todavía.

-   Entonces yo voy a dar una vuelta.

-   Está lloviendo, si querés andá a casa. Aunque llegue tarde cenamos algo juntos.

-   Bueno – creó su propio ámbito él, vindicativo-, en una de esas paseo igual, aunque esté lloviendo.

Ella comprendió su despecho, aunque no dejó de molestarle. Acordaron en las palabras lo que en el ánimo no supieron, y se despidieron oficialmente en paz, con el beso correspondiente, que él intensificó a la vista de Pierre, que salía para unirse a los fumadores.

Anémico pensamiento el de quien piensa que un acuerdo le otorga la propiedad de otra persona, el de quien piensa que un desacuerdo se supera con otra capa de silencio.

Cuarenta y uno

¿Era eso la nostalgia? ¿Caminar por el boulevard Clichy y encontrarlo parecido a algún rincón indefinido de Buenos Aires? Desde hacía casi media hora que el pensamiento no tocaba las paredes, ni los autos impecables, ni la gente tan diferente entre sí; se había perdido y regresado a su ciudad del sur. Restaba horas para calcular qué estaría haciendo Lorena, almorzando en el patio de su casa, o ya haciendo la siesta debajo del poster de Raly Barrionuevo, cuantos días hacía que no pensaba en Lorena. Casi desde que había llegado a   París, recordaba que en la estación donde lo esperaba Mario había pensado en ella, en qué diría si lo viera llegar a la ciudad de Rayuela, que ella adoraba, si eso jugaría por fin a su favor. Pero luego no, había logrado disolver su pensamiento en otras cosas, y ahora le llegaba el nombre y el dibujo todavía nítido de la cara de Lorena, no por asalto, sino como un arroyo tranquilo que venía a acompañarlo. Estaría a punto de dormir y tal vez deseando que él apareciera en el sueño, y que al despertar le contara qué se siente al caminar las calles de Cortázar, las mismas que tienen más historia que las suyas, más que la propia patria. ¿Qué cambiaba la cantidad de años, la profusión de historias si al fin de cuentas ninguna le era propia? Pero si se diera, si Lore se interesara, no esta siesta que no compartían, no mañana ni el mes siguiente, pero algún día, porque siempre llegan los algún día, si ella se interesara por este minuto que él caminaba por segunda vez por el Boulevard Clichy, y le preguntara qué se siente pasear por Rayuela, aunque ella sabía que Rayuela nunca transcurre en este bulevar, si ella le preguntara qué sentiste él tendría que decirle no lo sé, pensaba en Buenos Aires, pensaba en vos, en tu siesta imposible de octubre, en tu nombre, Lore, en tu nombre, en el tiempo que llevaba sin pronunciarlo en silencio, sin pensar en qué pensarías, en si esto era curarme de vos, en si Nico y los chicos tenían razón con lo del viaje, con rajarme por un tiempo de Buenos Aires. Parecía que sí, que alguna tensión se aflojaba con la distancia. Aunque cuando aparecía lo hiciera con fuerza, las matemáticas aportaban su argumento, y eso le daba seguridad. Para volver a buscarla cuando pasara un tiempo.

El pensamiento de Matías se descontrolaba. Volvía a su barrio con Lorena y con sus amigos aunque intentara una vez y otra percibir su alrededor Parísino, su presente sensorial. No le faltaban estímulos, instrumentos musicales, comida rápida, prostíbulos mal disimulados. Tenía que convencer a Mario.

Entre las caras desconocidas, le llamó la atención una que no cumplía la norma. No sabía de dónde, pero conocía al hombre que salía del local prostibulario mirando hacia ambos lados y después se incorporaba a la gente que caminaba, dirección Barbès. Rápidamente hizo un repaso de las personas que conocía en la ciudad, no eran muchas y él era un buen fisonomista, orgullo de su madre. Le bastaron unos pocos segundos para descartar lo necesario: era el tipo del bar donde trabajaba Ana, no recordaba el nombre, pero sí una mirada ladina y gris, que miraba todo de soslayo, la espalda apenas encorvada, como la nariz. Le divirtió la idea del conocimiento exclusivo, no supo de qué manera pero había caído en sus manos una pequeña porción de poder. Lástima no haber tenido el reflejo en su momento, teniendo el teléfono, pero igual le sacaría una foto en el bulevar, cuanto antes más poderosa, vaya a saber qué le contaría ese a su mujer. Cruzó hasta la zona central y casi corrió mientras preparaba la cámara del teléfono, y cuando lo tuvo listo hizo varias fotos de Joselu sin recordar su nombre todavía, alguna de ellas pasando delante de un sex shop al que no había entrado. Luego corrió unos metros más y volvió a cruzar la calle, para provocar un encuentro. Si pudiera recordar el nombre sería perfecto. Como era. La puta que lo parió como se llamaba este tipo.

-   ¡Qué sorpresa! ¿Cómo anda?

Joselu reconoció su idioma pero no a Matías, y no se detuvo hasta que no sintió la fuerza joven de la mano reteniendo su brazo. Con gesto severo se detuvo.

-   Del bar –lo ubicó Matías-, ¿Vos no trabajás en un bar del centro?

París es todo centro para los neófitos. Para Joselu, que llevaba sus décadas por esas calles, ya no, pero entendió de donde lo conocía el chico, aunque él no fuera capaz de reconocerlo.

-   ¿Quién eres tú?

-   Nadie, un cliente, de tu bar, estoy de visita y conocí tu bar.

-   Argentino… -sentenció Joselu.

Matías, orgulloso de su patria y de su bandera, no leyó el desagrado en el tono del hombre, que hizo el ademan de seguir su camino.

-   Si, de Buenos Aires. Linda zona esta, ¿viene siempre por acá?

-   ¿A ti qué te importa?

Se le había colocado al lado, y Joselu dudaba entre seguir caminando y dar por aceptada la compañía, y detenerse hasta sacarse de encima al tío coñazo. Después de varias arrancadas, optó por pararse en medio de la vereda.

- Oye, ¿pero tú qué quieres?

- Nada, señor –humildeó el chico-, solo que no conozco a nadie en París, y lo vi y lo saludé. Usted es lo más parecido que tengo a un amigo acá.

Mario Luis lo miró con una sonrisa socarrona desde la cabeza medio gacha. Los años de juventud en su pueblo de Almería llegaron hasta sus ojos para decirle:

- ¡Pues sí que estas tu bien!

El siguiente intento de deshacerse del chico fue el exitoso, el que le permitió caminar por la vereda del Boulevard Clichy hasta que se convirtiera en Rochechuart hasta que pudiera bajar al metro para regresar a la aprobación de la mujer, con una silenciosa ya se conformaba, a tiempo para abrir La Ruelle. Matías mantuvo la palabra que se había dado, y lo dejo ir. Dio por bueno el botín de la incomodidad del tipo, que no lo reconociera y una foto, que probablemente terminaría por no usar; su pensamiento era peor persona que su voluntad.

Cuarenta y dos

- ¿Es necesario que la agarres por la cintura?

Hasta entonces había transcurrido todo en una cierta armonía, aunque Ana había notado la incomodidad de Matías, una vez más. Habían comenzado bien, había fluido la música, habían disfrutado del trabajo. Y habían pasado una hora y media de ensayo y estaban a punto de terminar, recoger las cosas, ir a casa, descansar. Habían bebido agua, excepto Franck que había traído su botella de esa bebida azul que a los demás les daba asco. En el descanso habían hablado de hacer un video, Franck tenía un amigo que podía grabar y montar, nada demasiado complicado pero algo más que digno. Se habían entusiasmado, el primer objetivo era colgar tres o cuatro canciones en internet y moverlas desde allí, antes que conseguir conciertos, antes que grabar un disco en condiciones. Internet. Habían incorporado una canción nueva, original, compuesta por Franck, y había gustado aunque todavía no habían decidido incorporarla al concierto porque era en francés. Pero en un rato la habían aprendido y a Ana le gustaba y se sentía cómoda, y en tres repeticiones la habían sacado limpia, como si la llevaran en el repertorio desde hacía meses, y se habían sentido felices y al terminarla bordada se habían abrazado.

- ¿Es necesario que la agarres por la cintura?

Franck congeló su sonrisa y deshizo el abrazo hasta dejar las manos en la cintura de Ana. No había entendido una palabra de lo que Matías había dicho, pero el tono de la voz es el idioma universal. Ella también se congeló, en sentimientos sucesivos. Primero en la vergüenza de sentir el agravio de alguien que había traído ella al ensayo, algo parecido a su pareja, hacia uno de sus compañeros, luego en el azoramiento de descubrir la flaqueza de Matías, y enseguida en la rabia fulminante de sentirse asumida como un objeto de propiedad por este pibe. Qué se cree. Quién se cree. Como si tuviera que pedirle autorización para estar feliz, o para un abrazo inocente o para encamarme con quien yo quiera. Entonces retuvo el abrazo que Franck deshacía y miró desafiante a Matías que no la miraba, sino a Franck para reiterar su desafío:

- ¿Es verdaderamente necesario que la agarres por la cintura?

Fue ella quien se olvidó de Franck del abrazo del ensayo, y se dirigió hacia donde Matías levantaba su mentón de malevo improvisado, y primero lo empujó sin decir nada, después qué te pensás pendejo de mierda, de cualquier punto de la camiseta lo tironeaba hacia la puerta con fuerza, podría habérsela desgarrado si él no se hubiera dejado llevar. Junto a la puerta masculló las palabras, y la mayoría se las guardó.

- Andate –dijo-, andate ahora mismo de acá y no me esperes, no quiero verte.

- ¿Pero ese franchute quién se cree que es?

- ¡Vos, no ese franchute! –reaccionó ella-. ¡Vos quién te creés que sos!

Era tan obvia su razón que seguir argumentando se le hizo redundante. El tono se hizo grave y definitivo cuando abrió la puerta.

- Hablamos mañana. O pasado.

Matías ensayó una queja, es injusto, pero no, Lamolina, cómo que me echa, si yo no hice nada. Pero el silencio de ella fue inapelable.

De todos modos, el ensayo había terminado. Ana se disculpó con Franck brevemente, no era de verdad necesario. Salieron los tres juntos, intentando retomar el vuelo del final para hacerlo llegar hasta el próximo ensayo, el jueves, a las cinco y media, ocho menos cuarto.

Cuarenta y tres

No había sido dotado con la habilidad de la palabra, y los ritmos atolondrados propios de los veinticinco no lo ayudaban. En realidad, entre el no saber qué decirle a Ana y el temor fundado a utilizar un término de menos o de más, Matías había tomado la mejor de las decisiones para intentar enmendar el resbalón: hablar lo menos posible.

No entendía del todo bien el lenguaje, ni cómo funcionaba su eficacia. Pero la información que tenía le bastaba para intentarlo, ante la carencia de otra. Sabía que no había actuado bien, que se había equivocado, pero no había podido evitarlo. Era una fuerza superior que desconocía hasta ese instante, no pudo soportar observar la complicidad de Ana con otro hombre, la proximidad, la risa de a dos. Había sucedido una faceta desconocida de sí mismo, y no le gustaba. Pero, ¿cómo justificar una reacción así? No tenía experiencia, no tenia argumentos. No debía haberlo hecho. Pero ya no podía volver atrás por mucho que lo deseara. Fuera de la realidad cuántica, el tiempo tiene una sola dirección.

Quedaban las flores, según el consejo de Mario. Otra *terra incognita*, pero menos riesgosa. El trago más difícil sería el comprarlas, luego el caminar entre la gente con el ramo. En la calle Poteau había varios *fleuristes*. Entró primero en una de la esquina de Ordener y enseguida recobró la calle, acobardado por su timidez y el saludo marcial de la empleada. Un poco más adelante encontró la segunda. Un local angosto y prolongado, que lo puso ante un nuevo dilema. Paula tenía predilección por los claveles —Lorena por las fresias, recordó súbitamente-, y había sido fácil cubrir el expediente en las fechas necesarias –bueno, su cumpleaños, pensó- con una docena y a otra cosa. Y las alternativas que le ofrecían en Buenos Aires eran tres o cuatro – en el barrio seis con toda la furia, pensó mientras que ahora se encontraba delante de un buen par de docenas de opciones, de los colores más diversos y formas que no habría imaginado. Era demasiado para una decisión racional. Era casi no poder decidir. ¿Cuánto tiempo iba a estar metido en ese lugar? Reflexionó un momento y cuando la vendedora se le acercó, señaló con el índice extendido un ramo de unas flores de color violeta –pensaba que era el color del perdón- con algunas manchas en blanco el color del perdón con el de la pureza, pensó.

Ya en la calle, a unos trescientos metros del portal del edificio de Ana, anduvo incómodo, escondía las flores bajo el brazo, sentía que todas las personas con las que se cruzaba lo miraban, lo juzgaban, qué habrás hecho pensaban las mujeres, que flojo ridículo pensaban los hombres, qué hace con esas flores pensaban todos. Trescientos metros en trescientos cincuenta y tres pasos veloces, que casi no se apoyaban en el suelo, huyentes. Un minuto y cuarenta y nueve segundos que le parecieron quince, hasta el código mágico que le abrió el portal de la calle Letort.

Le abrió a desgana, preparando el discurso de libertad y de espacios que había masticado durante horas, a solas. Esperó con la puerta entreabierta a que subiera las escaleras, un piso y luego otro, pero la imagen de este pibe con un deje de agitación en la palabra perdón y unas flores en la mano, son hermosas, pensó, la detuvo antes de comenzar. No le regaló la sonrisa ni el perdón, y cambió la arenga preparada por un discurso de entendimiento, de las cosas son así, tenés que aceptarlo, cada uno tiene sus cosas y hay algunas que compartimos. Y, sobre todo, otras que no.

Juzgar el cambio de Ana como ligereza o falta de personalidad puede resultar tentador, pero es apresurado. Se podría utilizar la misma frase para el acto de juzgar en general, pero Ana, su femineidad, su soledad, su sencilla y limpia bondad, todo fue acariciado por la brisa tibia de la disculpa de Matías, y por el símbolo de la belleza de unas flores elegidas con torpeza extrema. No era un signo de debilidad, sino de que su humanidad funcionaba.

No era débil, no era idiota, no era crédula. Sabía que había desencuentros más profundos, ajustes por hacer que acaso fueran imposibles de conseguir, marejadas. Pero consciente se dejó llevar por la emoción, porque Ana pensaba que la vida es el momento en el que vivimos. Siempre queda tiempo para arreglar las cosas, y si no queda es que no importa.

Puso las flores en una jarra de cristal, no estaba acostumbrada en realidad a recibirlas, ni a comprar, y siguieron el día.

Cuarenta y cuatro

Prefería quedarse en casa de Mario mirando el televisor y cambiando canales aunque no entendiera ni una sola palabra. O mirando el Olé, o escuchando la radio argentina que ya comenzaba a echar de menos. O mirándose el ombligo antes de volver a ir al bar, esperar en la misma barra, mirando las mismas caras a uno y otro lado, las mismas canciones que ya de por sí eran repetitivas, y se transformaban en un bucle espaciotemporal si volvían a sonar. Cada vez que iba a la Ruelle a esperarla terminaba con un zumbido en la cabeza que solo se iba con el sueño. La misma música, el volumen alto, sin descanso. Por lo menos no teía que escuchar los comentarios de Joselu, tan idiotas, tan sin respuesta posible.

Ella le había pedido que pasara un rato antes del cierre a buscarla. Si no, llegaría a las tres y cinco y aguantaría el frío un rato. Pero ella le había pedido que pasara, y además había mencionado una hora, las doce. Eso le dejaba tres horas de bar o de frio. Ana debería buscarse otro laburo, pensó.

Pero ella se lo había pedido, como casi nunca había hecho. Negarse era ofensivo, no sabía bien por qué. Iba a complacerla. Determinó la hora a la que debía salir y se apropió sin oposición del resto del tiempo.

Ejerció su primera rebeldía retrasándose unos minutos; se detuvo en algunas vidrieras sin luz a mirar cualquier cosa, contó hasta diez, dejó pasar un metro, esperó delante del semáforo peatonal en rojo de una calle vacía. Con cálculo y esfuerzo le robó media hora al calvario, difícilmente habría podido ser más. Ana estaba al otro lado de la sala cuando él entró sin ocuparse de disimular el fastidio. Se quedó un momento junto a la puerta mientras se cerraba, pero ella no lo vio. Solo reparó en él unos minutos más tarde, sentado a la barra en el último taburete y conversando con Damaris, mientras Joselu los observaba desde la oficina. Ana se alegró sin mirar el reloj y, a diferencia de otras veces, lo besó.

- ¡Hola, Matu! ¡Qué lindo que estés acá!

El desconcierto disipó la contrariedad, que había dejado crecer en el pensamiento a solas. La alegría de Ana actuó como magia transformadora en él, que no pudo sino reflejarla. Cambio todo, el volumen, la música de repetida a propia, las horas por delante de martirio a goce prometido.

El que apenas bebía, bebió. No demasiado, sí suficiente. En las dos horas que estuvo en la Ruelle se olvidó de la incomodidad de los desconocidos, se acomodó con ayuda al ambiente. Eran suficientes dos cervezas, y bebió tres; es decir que del confort que ofrece el primer alcohol pasó a la desinhibición del que sobra. Y todo sumó al conflicto. Porque mientras bebía, casi sin moverse de su taburete, Joselu lo miraba sin amistad, tal vez calculando el lucro cesante de sus tres botellas de treinta y tres centilitros. Y en algún momento fue tan evidente que hasta Matías se dio cuenta de la desaprobación con la que lo miraba el subjefe que, si bien se debía incluir en la generalidad de la alegría de lúpulo, le molestaba. Cada vez más, le molestaba, y empezó a devolverle de vez en cuando el desprecio, y después alguna sonrisa y hasta algún brindis a la irritación final del gordo Joselu.

Ya habían cerrado y quedaba por finalizar un par de detalles para el día siguiente cuando Joselu llamó con un gesto tosco a Ana, que conversaba con Matías junto a la barra. Ella no vio la llamada pero sí Matías, como vio acercarse al jefe segundo a paso de furia, y plantarse junto a Ana, que describía el bar a donde llevaría a Matías al salir.

- ¿Eres sorda o qué? –dijo Joselu, dejando su aliento acido a cinco centímetros de la oreja de Ana-, te estoy llamando, y cuando te llamo, vienes.

- Che, pará un poco –intervino Matías, fingidamente conciliador-, ¿No te enseñaron modales en España?

- Tu mejor te callas, chaval –apuntó con el dedo ahora a Matías-, que no hablo contigo.

- Dime, Mario Luis –quiso mediar Ana-, no te había oído.

- Ven conmigo, que quiero decirte un par de cosas.

Es posible que no hubiera sucedido nada más si no la hubiera agarrado del brazo y tironeado de Ana para llevársela con él. Pero lo hizo, y la mirada de Matías se encendió, pensó un instante en la figura fofa del tipo saliendo de Pigalle, quién te creés que sos, gordo mediocre, y de un salto imposible estuvo al otro lado de la barra, Joselu retenido contra las heladeras y el puño en alto, preparado para descargar toda la rabia contra la cara del asombrado soriano. Solo el grito de Ana evitó que lo hiciera.

Bajó el puño sin dejar de sujetar a Joselu, ni de odiarlo.

- Vas a tener que empezar a hablar bien, pedazo de pelotudo, porque si no voy a venir y te voy a romper el culo a patadas. ¿Me entendiste, sorete? ¿O te olvidás de que tengo una foto tuya con el paisaje de París? ¿Querés que se la mande a tu mujer? ¿Querés que la vean ellas dos?

Ana ya le tiraba de la ropa, ya le pedía que lo dejara, y poco a poco Matías se fue calmando y al final soltó al tipo, que al verse libre recobró la soberbia.

- No tienes huevos para hacer eso, tu.

Matías ya no lo pensó, se giró de nuevo hacia donde Joselu se acomodaba la ropa y le dio con la palma de la mano en la mejilla asombrada, con tanta fuerza que el giro de la cabeza hizo girar el tronco, y luego la cintura, y luego el cuerpo fofo perdió el equilibrio y fue a dar contra unas copas que se secaban.

No supo si se había cortado, Ana lo sacó de detrás de la barra y del bar, con un guiño de complicidad a Damaris, que se ocupó del subgordo.

- ¿Estás loco?

- ¿Vos te diste cuenta de lo que hizo el tipo?

- Claro que me di cuenta, trabajo con él todos los días. ¿Cómo no voy a darme cuenta? Pero no se pueden resolver los problemas así, ¿Tenés veinte años, acaso?

- Veinticinco – respondió Matías.

El enojo de Ana tenía un matiz de forzado, de deber, mientras repasaba las palabras de él y se preguntaba qué foto seria esa. Lo sostuvo unos minutos más y al fin, al pasar por Rambuteau, lo dejo ir.

- Menos mal que no estaba ella, si no, me echan, boludo.

- Disculpame, pero se lo ganó – se excusó Matías.

- No sabés de cuantas maneras.

Cuarenta y cinco

La lluvia es el alma de París. Nada sería igual, ni siquiera la historia de esta ciudad si el sistema de ciclones y anticiclones dibujaran unas líneas diferentes en el cielo. Ni las revoluciones, ni los avances sociales, ni probablemente el afán colonial seria el mismo si la capital tuviera algunas horas más de sol. Ahora llueve, por ejemplo. Y ayer llovió. Todo lo que se hace en la ciudad es atravesado por la lluvia. El carácter de la gente, a veces tan hermético, tan impermeable, también.

La lluvia ejerce la permanencia, y es la costumbre más arraigada de París, más que la manteca, más que la indiferencia; los escasos días en los que el cielo es azul, aunque no sea ninguna de las dos cosas, lo que sucede es una excepción, la ausencia de las gotas pertinaces que mojan las calles, los zapatos, los cansancios. Una y otra y luego otra. Si contar las estrellas del cielo es el camino a la locura, contar las gotas de París lo es a la tristeza. Porque siempre hablan de alguien que nos falta, de senderos imposibles o imposibles de retomar, de soledades que no se curan con artificios, de la cita ineludible. *Il pleut comme un chagrin*. No hay relato de París sin lluvia.

Así como es pertinaz, suele ser también sencilla. Raramente la anuncian luces o sonidos, generalmente llega sin avisar, como un calabobos suave y persistente, que no termina de mojarte si el camino en breve, pero que termina por entrar si se permanece a la intemperie el tiempo suficiente. Algo así pasa con el carácter de algunos Parísinos. En algún momento el impermeable no fue suficiente. Las más de las veces la lluvia es un vapor que salpica la cara y las manos, y frunce el ceño durante unos instantes, hasta que llega la pequeña costumbre. Gotitas de nada, chispas de frío mojado, agujas inofensivas. Pero ya se sabe lo que pasa cuando los inofensivos se unen.

Las menos, la lluvia viene en tromba; las chispas se transforman en un fuego helado, o viene de la nada un chaparrón que deja empapados a los de reacciones lentas, o a quienes se aventuraron en un parque, un boulevard. Este espectáculo es frecuente y relativamente gratuito para los curiosos de lo humano que ocupan las terrazas de los bares, cuyas sillas miran todas hacia la calle. Los protagonistas llegan sacudiendo sus pilotos al abrigo del primer toldo o balcón que encuentran, prometiéndose estar más atentos a partir de ahora. Los enamorados llegan riéndose, como siempre. Es una buena prueba, llevar a la persona amada a un parque, esperar a que llueva y correr juntos a guarecerse. Matías no pudo hacerlo porque Ana trabajaba y pasaba las tardes solo. Solo cruzo toda la explanada de La Villette, después de reaccionar tarde a las primeras gotas, cuando las segundas fueron algo más que intensas. El esfuerzo de la carrera absurda de intentar salvarse del agua no le había permitido poner atención, pero al detenerla bajo en toldo de una joyería vio su cara, su gesto de dientes apretados, de derrota sobrevenida de una victoria segura.

Cuarenta y seis

En el Pont de Saint Michel se detuvo a mirar venir el río. Las lluvias moderadas pero extensas en la zona central le habían dado un carácter turbulento, y pasaba con ímpetu bramante bajo la mirada y los pies de Matías. Cuantos metros cúbicos pasarían por segundo, se preguntó. Y luego, ya no pensó. Remontó la superficie erizada del agua con la mirada, intentando imaginar la dificultad de oponerse al caudal, hasta subirse por las escaleras del Pont Petit, unos ochenta metros más allá. Entre la gente, disminuida por la distancia, enseguida distinguió un piloto amarillo, que atravesaba el puente hacia el sur, como lo hacia él. Era un piloto conocido, similar al que llevaba Ana cuando se habían despedido hacia unos minutos, no más de quince, frente a la torre de Saint-Jacques, ella hacia un ensayo programado por le Marais, él hacia un par de horas de tiempo libre, durante el cual se proponía recuperar los paseos por la ciudad, que conocía menos de lo que quería, varios meses después de haberse quedado. Había valido la pena postergarla por aquel cuerpo que terminaba de reconocer en su forma de caminar sobre el puente vecino, hacia el lado opuesto al que ensayaba el trío. Tal vez se habría suspendido en ensayo. Ella lo habría llamado si hubiera sido así. Ana en su piloto amarillo terminaba de atravesar su puente y estaba a punto de perderse en la *rive gauche*, mientras Matías la observaba, ahora con un breve espacio para la duda, sería ella, casi seguramente, y decidía no seguirla.

No a ella, pero a una atractiva mujer de piloto amarillo que atravesaba el puente vecino justo al mismo tiempo que él. ¿Por qué no?

Apuró el paso sin llegar a correr, y a veces llegando, y pensó que si iba por el Quai Saint Michel la perdería, aunque de cualquier manera era lo más probable, y luego hizo unos metros por el Boulevard hasta que giró en la rue Huchette, pero enseguida se arrepintió y quiso volver sobre sus pasos, aunque finalmente eligió seguir adelante a pesar de la nube de turistas que ocupaban la totalidad del ancho de la calle y que hicieron que tuviera que aminorar la marcha por un momento, esquivar uno de los carteles de los restaurantes griegos, y seguir, midiéndose la posibilidad de encontrarla. Una pareja se fotografiaba con perspectiva del largo del brazo en medio la intersección de la rue du Chât qui Pêche, y a punto estuvo de llevársela por delante, y por esquivarla se golpeó contra una bicicleta atada a un poste de cualquier manera, en el instante que distinguía un piloto amarillo al final de la calle, unos cuarenta metros adelante. Cojeó unos pasos y luego se acostumbró al dolor, y cuando llegó a la esquina quiso encontrar el amarillo pero no pudo, ni de un lado ni del otro de la rue du Petit Pont, y entro en un restaurante Turco y en una tienda de suvenires y en una cafetería y hasta en una Galería de arte. No volvió a ver el piloto que debería ser Ana. Llegó hasta la iglesia de Saint Severin y volvió a escudriñar las veredas.

Podría haber entrado en cualquier otro local, o en un edificio, o haberse subido a un taxi. No era posible cubrir todas las posibilidades en una ciudad tan grande. Cuando se dio por vencido se dio cuenta de que estaba agitado. Unos segundos después, el dolor del golpe en la pierna reapareció, real.

Cuarenta y siete

Llevaba despierto una hora y media. Sus ojos se habían abierto casi contra su voluntad general y no tenían ni una miga de sueño con que intentar volver a dormirse. Para colmo había cerrado mal la cortina y entraba una luz imposible. Salvo que ya fueran las diez de la mañana, pero no eran. Giró el cuerpo hasta dar la espalda al sueño que Ana ejercía en la otra orilla de la cama, un brazo estirado hasta rozar el hombro de Matías. ¿Cómo podría dormir así? Sabía que si hacia el menor movimiento para cerrar bien la cortina significaría el desvelo para siempre, el sueño perdido de una mañana perdida. Ni siquiera había dormido bien, como solía, con el dulce cansancio del sexo conquistado de a dos. Una noche más de excusas, de problemas en el trabajo, de mañana seguro, te lo prometo. Y lo cierto era que apenas le importaba. Era mayor el enojo oficial que debía mostrar por ser rechazado que lo que sinceramente le molestaba. Ella se había dormido unos segundos después, sin remordimientos aparentes, y él se había quedado en vela durante más de una hora, dándole vuelo a la rabia, al derecho adquirido, al estoy haciendo el papel de idiota en esta comedia.

El poco tiempo que había dormido -¿unas cinco horas?- no había sido profundo el sueño, y ahora se había desvelado. Salvo que se quedara quieto, sin mover un dedo, y se concentrara. Inspirar. Contener. Espirar. Inspirar. Contener. No iba a ser más el estúpido que se conformaba con nada. ¿Qué queda de una relación sin el sexo? ¿Cuántos días hacía ya? Hacer cuentas era la peor idea de todas las posibles y tal vez por eso fue minucioso. Dos semanas, por lo menos, y algunos días. ¡No! ¡Tres semanas y algunos días! No podía seguir así. Por supuesto que no. Por supuesto que no.

Lo intentó durante diez minutos que le parecieron dos horas. Después sacó un pie de la cama y lo apoyó sobre el suelo de madera. Al incorporarse, Matías miró por encima de su hombro, ya preparado para el desprecio. Ana dormía, por supuesto. De espaldas, destapada hasta la cintura. Con el mismo gesto adusto de levantarse la cubrió hasta los hombros, no fuera a ser que se resfriara justo esa noche y lo hiciera responsable.

Se vistió en silencio y se preparó el ordenador para instalarse en la mesa de la sala. Antes de salir de la habitación, volvió a mirar el bulto informe del que asomaba la cabeza despeinada de Ana. Cada día era la misma historia, su vida no comenzaba hasta las dos de la tarde, cuando a él el cuerpo le pedía acercarse a la siesta. ¿Qué compartían si ni siquiera compartían el sexo? Se tentó de responderse, pero lo evitó a tiempo. Ella dormía. La mitad del tiempo dormía. Como si el mundo no sucediera fuera. Como si él fuera a soportarlo. ¿Qué le había visto? Era verdad, una mujer mayor, con más experiencia, pero. Había hecho su aparición el pero. El fatídico pero que ni hace ni deshace, que no deja hacer, mucho menos deshacer. Otra vez perder la mañana en internet, otra vez no hacer ruido, otra vez no poner música, ni la radio aunque no la entendiera. Mucho menos la televisión. Otra vez esperarla con el desayuno. Se había transformado en un sirviente; para lo que ella quiere y para lo que no quiere.

Sobre la mesa el ordenador hizo algo de ruido, Matías lo había dejado caer desde la altura de un palmo, más o menos. Con la misma rabia lo encendió, y leyó un correo electrónico de publicidad, y otro de noticias. Nada de los chicos. Nada de Buenos Aires.

Por un momento se sintió ahogado, pero abrir la ventana del comedor equivalía a dejar entrar los ruidos de la calle, donde la gente trabajaba, se divertía, vivía. Se acercó hasta la ventana y abrió un poco las cortinas, lo justo para pasar la cabeza y cerrarlas detrás de la nuca. La mañana era espléndida.

No pudo con el sentimiento de absurdo y de un mismo impulso buscó las llaves y el abrigo y sin cuidar demasiado lo que provocaban sus movimientos abrió la puerta del departamento y salió al rellano. Al cerrar, el golpe que quedó fue modesto y adrede. Tampoco eso despertó a Ana.

Cuarenta y ocho

Había hecho bien en elegir este lugar, este escenario, que a fuerza de pasar horas había hecho propios. Una segunda casa, unos muros confortables. Querría haber podido llegar a mediodía para ajustar lo que ya estaba ajustado, había conseguido controlar su ansiedad. Ni se había acordado de disfrutar el día libre, de estirar los tiempos de la tarde, de dejarse vivir. Es que no era un día libre, aunque no tuviera que trabajar como los demás. Su pensamiento estaba abocado a las diez de la noche, repasaba palabras, recordaba entradas, imaginaba gestos. No había decidido el papel de sus brazos, ni lo haría a seis horas del primer concierto, se dejaría llevar, confiaría en el criterio de sus manos.

Pero si me sale bien, piensa Ana mientras se prepara la ducha. El agua corre y marca el ritmo de su pensamiento. Si me sale bien. Si de este concierto me salen otros conciertos. Y si de los conciertos sale grabar un disco, aunque sea modesto, aunque sea barato. Y si del disco hacemos una excusa para tocar cada semana. Y si con el amigo de Franck hacemos un video y pasamos las mil reproducciones. Y si entre una cosa y otra en un año podemos afianzarnos. ¿Sabés quién va a aguantar al gordo mugriento? ¿Sabés quien va a sonreír jijojija cuando haga sus chistes estúpidos sexistas vejatorios? ¿Sabés quién se va a aguantar sus insinuaciones repulsivas? Con qué gusto tan grande te voy a poner la renuncia en la cara, gordo apestoso mezquino hijodepu.

Cercenaba los insultos que no se atrevía a pronunciar delante de la gente, o mejor, los que la incomodaría pronunciar, y cuando se daba cuenta de que lo hacía, sentía una breve rabia, y luego, si estaba sola, lo pronunciaba.

- Hijodeputa. Gordo sucio hijodeputa. Gordo baboso mugroso hijodeputa.

Eso hacía que se sintiera mejor, a una cierta distancia de la corrección represiva. ¿Era menos correcto putear a alguien o estafarlo, mandarlo sencillamente a cagar o perseguirlo con insinuaciones asquerosas? Ana conocía la respuesta. Y si le salía bien.

Se acordó de la lechera del cuento. Si le salía bien ya lo sabría en su momento, dentro de unas semanas, dentro de unos meses. La realidad ahora era pagar el alquiler y vivir el mes que viene, y preparar a conciencia la voz para el concierto de la noche. En doce canciones se jugaba su sueño. Por lo menos el primer paso de su sueño, luego vendría el resto del camino.

Tal vez debería haber dormido media hora más, piensa, tal vez me hubiera ahorrado esta cuerda de sueño que baja desde detrás de los ojos hacia el cuello, tira la espalda y llega hasta la cintura, y no termina de irse ni siquiera haciendo girar el tronco, crujir en torsión forzada la columna vertebral. Tal vez media hora más, aunque de esa manera demoraría un rato más en despertar la voz hasta colocarla en su sitio, y menos mal que no hay prueba de sonido por la tarde, como debería un concierto más o menos serio.

Lo hecho, hecho está. Al fin de cuentas, este es el concierto, esta es la tarde, y estas las canciones. Y bien que me costó llegar a esta modestia. A partir de acá creceremos o no, pero esto es lo que hay. Piensa Ana. Y le cuesta pensar solo eso.

Solo por un momento atraviesa su pensamiento la imagen de Matías, una fugaz sensación de nostalgia cariñosa, un brevísimo deseo de compartir el momento, de saberlo presente entre las mesas de la Ruelle esa noche, detrás de la luz del foco en su cara. Sucede el deseo y pasa. No resiste la primera intervención de la lógica. Al fin no fue un apoyo para sacar adelante este proyecto. Su adolescencia, su inseguridad. Las escenas de propiedad. Las malas caras con los músicos. Lo cierto es que Matías había hecho un poco más farragoso el camino ya de por sí difícil hasta el punto de cantar esa noche. Y sin embargo.

Cuarenta y nueve

Se habían despertado como se acostaron, sin apenas hablar, mascullando palabras. Ana más temprano, para repasar escuchar un tema nuevo que había recibido, Matías con el natural ritmo de una noche quieta. Cuando él entró en al comedor, ella concedió la cara pálida para recibir un beso trámite de mañana, y solo apartó un poco el plato de las migas de las tostadas para que él se sentara a desayunar, si quería. Siguió mirando las noticias en internet, siguió preguntándose por qué los hombres eran tan así.

Matías, a medio despertar, solo quiso evitar el conflicto que proponía el menosprecio, y fue a la cocina a prepararse algo. De no encontrar nada para prepararse vino la decisión de bajar, el supermercado estaba a poco más de doscientos metros, la mañana estaba fresca pero despejada.

- ¿Viste mis llaves?

Ella no movió un centímetro su concentración indignada, hizo como que no había escuchado, difícil fingimiento en un apartamento de treinta y un metros cuadrados, y escribió en el navegador la dirección de Página 12. Punto com punto ar. No levantó la cara, pero estaba atenta al pedido de él, dejándolo crecer. Solo después de revolver por segunda vez la mesa y el chifonier, Matías volvió a preguntar.

- ¿Viste mis llaves?

Planeaba prolongar su ignorancia militante, no responder a las preguntas de alguien que comenzaba a ver como intruso, dejarlo pagando, volverlo loco de indiferencia hasta que no pudiera más y reaccionara, pero no pudo, algo propio estaba a punto de ebullición.

- ¿Tus llaves?

- Sí –quiso explicar Matías sin apercibirse del huracán que ocultaba la pregunta-, unas con un llavero de pingüino, las había dejado acá encima de la biblioteca, creo. En la campera no están, bueno, no las encuentro.

- Pero, ¿tus llaves? –insistió ella -, ¿no serán mis llaves que tenés vos?

- No, digo las mías, las del pingüino.

Entonces sí, apoyó las palmas de las manos sobre la mesa del desayuno para soportar la rabia casi lágrimas impotentes que enseñaría al levantar la mirada, guardar las otras, dejar la una, e inspiró hondo.

- Las llaves son mías –dijo sin gritar, pero conteniendo visiblemente su enfado-, yo decidí en su momento dártelas, pero son mías. No creas que eso genera ningún derecho. Y encima le cambiaste mi djembé por un pingüino mugroso. ¿Quién te creés que sos para imponerme nada?

- Bueno, está bien, tus llaves. ¿Las viste por acá?

- Estaban en la biblioteca. ¿No?

- Sí –dijo Matías.

- Ahora están en mi cartera.

Matías quiso preguntar por qué el cambio, pero a esas alturas ya había descubierto que se venía una guerra, y que en parte dependía de él si salía aniquilado o solo derrotado. Nunca es a tiempo, pero eligió bien, y no preguntó, ni reclamó.

- Las agarré yo –siguió Ana-, porque me parece que te estás tomando demasiadas confianzas conmigo, se ve que no entendés bien las cosas.

- Pará un poquito–dijo Matías-, ¿Qué no entiendo bien qué cosas?

Ana y sus riendas, siempre a punto para no desbocarse. Volvió a sentarse, retrocedió dos pasos en la silla y retomó la distancia, aunque frágil todavía.

- No entendés que pera llegar a este punto yo me tuve que matar laburando, ¿vos sabés lo que es llegar a un lugar sin manejar el idioma, buscarse la vida, alquilar un departamento?

- Como todo el mundo.

- No, como todo el mundo no, acá es tres veces más difícil todo. Para vos no, que llegás y ya tenés el camino hecho.

- ¿Y quién te mandó a venir a París?

La distancia la rehízo él esta vez. Ana volvió a contener un impulso violento y se levantó de la mesa, y caminó por la sala, buscando el tono preciso. Matías entendió en ese silencio de recomponerse que debía retomar la discreción si quería salir entero de la conversación.

- Ustedes los jóvenes creen saberlo todo –dijo Ana, pausadamente- porque creen que lo único que existe es lo que saben. Pero mirá a tu alrededor, chiquito, ¿ves esta ciudad? ¿La ves enorme como es, y que apenas si podés manejarte con tu soberbia y tus cuatro palabras del francés, y la que necesitás que esté a tu lado para todo menos para comprar el pan? Esta ciudad es una millonésima parte del mundo en el que naciste. Tuviste la suerte de poder hacer un viaje cuando recién perdías el miedo a alejarte dos cuadras de la avenida Caseros, y todos tus compañeros se masturban con la esquina del barrio, idealizan puntos de vista que ya ni siquiera pueden recuperar, se duermen en su sueño patrio y menosprecian todo lo que no sea celeste y blanco. La bandera debería tener un ombligo en el medio, en vez de un sol, que son más o menos lo mismo.

- Pará un poquito, che.

- Bancatelá, pibe. Te tomás la libertad de juzgarme y no tenés ni idea de mi vida, mucho peor, vos sí que tenés idea, y aun así te quedás en las estructuras que te vendieron, las que te aprueban los pibes de Patricios. ¿Querés que te diga? Andá a cagar.

- ¿Por qué me hablás así? Si yo no te juzgo, flaca.

- Claro que me juzgás —se enconó Ana-, cada palabra tuya es un juicio, un reproche por no estar disfrutando del paraíso con entrada en Ezeiza. ¿Te pensás que no sé leer tus tonos patrios? Te falta cantar Aurora y retener una lágrima. En posición de firmes, por supuesto.

Ana giró sobre su frase y desapareció en el hueco de la cocina. Tardó unos segundos en hablar, paladeando el silencio de Matías. Luego fingió una tregua.

- Me voy a hacer un té. ¿Querés un té? —dijo, invisible.

El chico aceptó, mientras se recuperaba del vendaval y deseaba remontar la paz. Ana repasaba argumentos en silencio: la economía, el racismo velado, la brecha, la televisión, la corrupción, la religión social, el autoritarismo extendido. Hubo más, pero se detuvo. En el punto de ebullición del agua Ana pensó que la responsabilidad de los veinticinco años de Matías era proporcionalmente escasa, y que no sería del todo justo cargar las tintas sobre el comprador.

- ¿Sabés qué pasa, Matu? –concilió al regresar al living-, que la distancia te da una perspectiva terrible de las cosas. Ya te vas a dar cuenta. Y si no te das, no sé si hasta es mejor.

- Puede ser, yo te digo lo que pienso. Y además, ¿Ustedes, los jóvenes, dijiste? ¿Le traigo el andador, doña Ana?

- Callate, che –sonrió ella.

Sobre la mesa le dejó la taza, que él examinó con la misma sonrisa que había provocado la de ella. Colgadas del asa las llaves tintineaban sobre la porcelana blanca. Abanicó hacia su cara el vapor que desprendía el líquido caliente y sintió el aroma del té negro que ya había iniciado su dilución. El gesto fue de aprobación, claro. Para no tomar la decisión de dejar de girar en el mismo vals de la distancia.

Cincuenta

Ella piensa que ya se le acaban las excusas para no hacer el amor.

El piensa que tiene que esforzarse, seducirla, reconquistarla.

Ella piensa en cómo las hogueras se consumen hasta que no queda ni el rescoldo, sin poder hacer nada por evitarlo.

El piensa en la justicia universal de las segundas oportunidades.

Ella piensa en que aunque quisiera, no queda nada que rescatar para seguir un minuto más. Pero no quiere, esa es la verdad.

El piensa que la verdad se le ha revelado en ella.

Ella piensa que tenía razón, que él es demasiado argentino, demasiado joven, demasiado *depaysé*.

El piensa que tenía razón, que de una mujer así no podía sino enamorarse hasta los huesos. Tan argentina, tan mujer, tan madura, tan raíz.

Ella piensa que tiene que hacer algo, que esto no puede seguir así. Que no va a volver a aguantar imposiciones de ningún hombre.

El piensa que tiene que hacer algo, que tiene que rescatar lo que quede y seguir junto a ella.

Ella piensa que ya no da para más, que este pibe tiene que madurar y que ella no tiene paciencia para aguantarle el aprendizaje.

El piensa que ella es la mujer que necesita, que es perfecta, que no va a encontrar otra como ella aunque busque por todas las rutas del mundo.

Ella piensa que se equivocó en volver a darle las llaves, que había hecho medio camino, que debería haber aprovechado el impulso.

El piensa que las flores funcionaron una vez, misteriosamente, por qué no lo volverían a conseguir.

Ella piensa que él debería darse cuenta solo, que tampoco tiene que comerse ella el garrón de poner las cosas sobre la mesa, al fin y al cabo es su casa, es su cuerpo y es su vida, ella es la única que decide sobre eso.

El piensa y piensa y piensa, y no entiende qué es lo que hizo mal.

Ella piensa, y planea, y escoge las palabras, y descarta momentos y prevé caminos de palabras de salida. Se pregunta si será capaz de volver a sentirse libre delante de un hombre.

El piensa, y se imagina reeditando horas felices, de aroma de saliva sobre la piel y papier d'Armenie.

Ella piensa que cuanto antes mejor, que tampoco tiene por qué hacerse cargo de cuidarlo si él no la cuida. O acaso no ve la violencia que hay detrás de sus actitudes.

El piensa que ahora sí que va a cuidarla.

Ella piensa que, aunque ya se acabo y no queda nada, agradece a la vida haberlo conocido.

El piensa que tiene que agradecer a la vida haberla conocido.

Cincuenta y uno

Los pasos fueron lentos y cuidadosos. No podía hacer ruido porque la hora de visita había terminado, pero igual decidió acercarse hasta el hospital. Confiaba en recibir algún mensaje del hombre que yacía desde hacía semanas en una cama de una habitación compartida, y que tal vez debería haber visitado con más frecuencia. Era un buen hombre, no tenía duda. Y ahora lo necesitaba para saber por dónde ir. La relación con Ana se terminaba, no había manera de encaminarla aunque hizo todo lo que creyó necesario para salvarla, no existía ya. Iba a terminar. La puerta de la habitación chirrió al abrirla. Mario estaba solo, su compañero de habitación había sido trasladado. Como si supiera de qué se trataba, Matías verificó el estado del suero conectado al brazo de Mario, le quedaba poco; eso implicaba que pronto vendría una enfermera a cambiarle la botella y lo obligaría a salir.

Sería breve. Se acercó hasta el borde de la cama y volvió a verificar que estaban solos. Luego miró los ojos cerrados de Mario.

- No sé si voy a poder seguir sin ella.

La voz había querido ser sólida, pero había temblado. Inmediatamente después de pronunciar la frase, sintió que había dicho una tontería, una simpleza, claro que seguiría sin ella, claro que viviría aunque en ese momento no fuera capaz de desearlo del todo convencido, claro que habría días buenos y mujeres y amigos y libros, aunque le costara creerlo. Había dicho una estupidez flagrante, en voz alta y en un hospital, y se había dado cuenta el instante; por un segundo sintió que era la respuesta que esperaba.

El chirrido de la puerta lo asustó. Un enfermero joven entró con una nueva botella de suero para reponer la que estaba por terminarse, y también se asustó al ver a Matías junto a la cama. Le dijo algo que Matías no entendió pero no era necesario, el tono recriminatorio del enfermero y su sentimiento de estar en falta obraron como traductores. Matías hizo gesto de haber entendido y mientras el otro cambiaba el suero puso su mano sobre la de Mario y le dio tres palmaditas en el dorso.

- Mañana vuelvo a verte.

El enfermero volvió a decirle algo con el mismo tono autoritario mientras Matías caminaba hacia la puerta y luego la abría. Desde la puerta abierta, le devolvió una sonrisa amplia y lo saludó.

- Andá a cagar, hermano.

Cincuenta y dos

Había puesto a lavar su ropa en un arrebato, después de dos días de pasar la tristeza por el exacto centro, y uno de decirse ya basta. Nunca se lo creería, pero algo le impulsaba a actuar como si. El sonido monótono de la lavadora le servía de apoyo, pobre compañía en un lugar en el que ni siquiera se le ocurría recurrir a la radio. En el ordenador escribió billete, tren, París y Colonia, y revisó los resultados que le dio el buscador. Eran pasos pesantes, agotadores, cada letra, cada palabra, cada enlace a la información; eran pasos que no tenía sentido dar, como cualquier otro, caminar, latir, avanzar. Solo el de poner distancia, en la que ponía su confianza racional, ya que la emocional había desaparecido, y pensaba que siempre le faltaría Ana, la voz de Ana, el cuerpo de Ana.

Había un tren que salía a Bruselas que salía de Gare du Nord a las ocho y veinticinco, dos horas y media más tarde, y el siguiente a las nueve y cincuenta y cinco. Podría secar la ropa y llegar al tren, pero no tenía el ímpetu de la huida, y quería pasar a ver a Mario antes de salir. Si podía, volvería a París a despedirse, cuando se hubiera recuperado un poco, pero igual quería pasar a verlo. Si iba al hospital a media mañana podía estar un rato y luego tomar un tren sobre las dos de la tarde, casi cada media hora salía un tren. Así no tendría que actuar a contrapelo.

Pensó en el teléfono como una puerta. La decisión de dejar atrás París podía ser una buena excusa para llamar a Ana, la despedida, los buenos deseos; la posibilidad de una última noche, la razón. No se decidió enseguida, antes un café con un chorrito de ron, y la lavadora a punto de terminar su ciclo, y tender la ropa para ganar tiempo y que se fuera secando, y calentar un poco el café que estaba frio, y antes de las siete que entra a La Ruelle, y si no al salir. ¿A las tres de la mañana? No importaba si podía postergarlo. Juntó el coraje suficiente para llamar cinco minutos antes del turno de trabajo, pero no llegó al que era necesario para hablar, y se quedó escuchando la voz de Ana aló y aló y c'est qui, y unos segundos de escuchar el aire en el auricular y luego un chasquido de la lengua pero no dijo Matías, no dijo su nombre ni estás bien ni vení a buscarme al final de la noche y vamos a casa; solo silencio tenso y luego el clic que lo separaba definitivamente una vez más de su deseo más vivo, del aliento de Ana, de la piel y del sexo de Ana, de la belleza.

Unos segundos estuvo con el teléfono cerca de la oreja, paralizado de pavor y pena, y de no querer comenzar el futuro en el que ya no estaría ella. En algún momento devolvió el teléfono de Mario a su base y subió dos puntos la calefacción. La primavera había llegado con un helado recuerdo del invierno y el frío prometía prolongarse, sin recuperación a la vista. Llegó hasta el comedor y se dejó caer en el sofá. Enseguida encendió el televisor y fue pasando por los canales, que hablaban un idioma que no entendía, y que de entenderlo tampoco le habría interesado. Dejó el control remoto sobre el brazo del sofá con un noticiero permanente en la pantalla, y se recostó, se cubrió con una manta de lana y clavó los ojos en las figuras móviles, y su pensamiento en la nada. El cansancio más que el sueño lo venció llegando a las dos de la mañana.

Al despertar tenía la manta a la altura del muslo, las zapatillas caídas desprolijamente al lado del sofá y el comedor con una temperatura cercana a lo veraniego. En la ventana había la misma luz que habría tres horas más tarde, y también cinco: todo el día estaría cubierto por una misma nube que igualaría el cielo y eliminaría las sombras a lo largo de las horas. El último día de Matías en París sería igual a sí mismo. Eran las nueve y cuarenta.

Dobló y guardó su ropa después de ducharse, mientras calculaba el tiempo de llegar al hospital, que ya no le sobraba. Un último repaso a las habitaciones para no dejar abiertas las ventanas, ni luces encendidas.

Aunque tendría más adelante noticias del departamento, pensaba que era la última vez que salía por la puerta. Si se detuvo un momento, fue para evocar los lugares que había ocupado el cuerpo de la mujer que le pesaba en ausencia, el sofá, la cocina, la ventana. En ese momento eran lugares con un significado vecino a lo sagrado para Matías, por haber sido ocupados por lo único que por entonces poseía significado religioso: el cuerpo de Ana. Las imágenes de Ana preparando café en la cocina, sentada junto a él en el sofá, desnudando su torso en la habitación sucedían en su silencio de despedida.

Pero tuvo que volver a entrar. De pronto recordó que había postergado el encargo del libro, porque se le hacía engorroso meterse en una librería y buscar, o peor, preguntar, pero no podía irse de París sin el libro. De su liviandad sacó dos días más en la ciudad, para encontrar un trabajo sobre Valadon que le había encargado Paula. Ahora conocía por donde buscar. Y trenes a Bruselas había cada media hora.

Cincuenta y tres

Qué boludo. Qué boludo. Se repitió el reproche en silencio y en voz alta, varias veces, hasta sentirse mal, hasta sentirse aliviado. Qué boludo atómico que sos. Qué pelotudo cósmico. Cómo no te diste cuenta. Cómo lo vas a dejar solo. Por una mina.

El teléfono seguía en su mano aunque ya había cortado, después de escuchar el mensaje. No decían nada definitivo, que era la peor noticia. En un castellano notoriamente leído, una voz femenina había llamado de Salpitrière el día anterior. No decía nada, salvo que pasase por el Hospital en cuanto escuchara el mensaje. Pero la voz era pausada, no perentoria. ¿Cuántos días hacia que no pasaba a visitar a Mario? Una semana, seguro. Se van acumulando los días y uno no se da cuenta. Qué boludo peripatético. El tipo solo. Y yo con excusas de mierda. Tendría que haber ido más veces a verlo, tendría que haberme quedado más tiempo. Tendría que haber conversado más con él. Si pudiera le preguntaría qué hacer ahora, con este vacío y todo este tiempo que me atropella. Por qué no habrán llamado antes, por qué no habré estado acá. El sabría qué decirme, hacia donde disparar, si quedarme unos días, seguir el viaje mañana mismo, saltar al Sena, volver a Buenos Aires. Y ahora qué hago yo, tan solo. Tan solo. Qué hago de mi pasado mañana si no se ni dónde estoy parado. Y el tipo estuvo solo. Perdoname, Mario, yo no quería hacer así las cosas. Perdoname. Tendría que haberte hecho caso, tendría que haberla dejado en la puerta. Y ahora me dejan solo, los dos. No hay nadie en el mundo que esté más solo. O vos, tal vez. Qué boludo astral. Qué pelotudo sideral. Vos estabas más solo, claro. Te juro que no quería. Te juro que había aprendido a entenderte. Te descubrí como alguien a quien necesitaba, sin saberlo. Quién sabe si hubiéramos tenido tiempo. Si las cosas hubieran transcurrido. Voy. Aunque sea para mirarte una última vez. Voy. Que no te lleven hasta que llegue. Si la voz de esa mujer hubiera sido desesperada. Pero no era una voz de incertidumbre. Ni me la dejó.

Cincuenta y cuatro

Y encima, llueve. Y deja de llover. Es peor la incertidumbre. Incluso a una lluvia violenta podría acostumbrarse en un rato, con un poco de esfuerzo, pero el sí seguido del no seguido del sí, el comenzar y terminar a cada rato minaba el poco espíritu que le quedaba. Verse así, verse en esta situación. Lo que le faltaba. El frío que parece que nunca se va de esta ciudad hostil, la lluvia intermitente que no le permitía acomodarse a nada, a ninguna idea ni situación. Pero si a eso le sumara un par de desgracias suplementarias seguiría siendo preferible a la llamada de la tarde de ayer. La primera vez que marcó el número el teléfono dio ocupado, y lo agradeció. Al cabo de quince minutos volvió a marcar, el prefijo y el número conocido, y Paula sabía desde el hola que se trataba de una catástrofe, y se alivió al saber que fuera su hijo quien la llamara y no el sujeto de la desgracia. Pero cuando supo de la muerte de Mario, el silencio que siguió fue orgánico, fue sólido, definitivo. Después de unos segundos Matías le propuso volver a llamarla pero ella dijo que no, que por qué, dijo Dios lo lleve con él, y le preguntó si lo iba a acompañar. Solo por un momento su voz vaciló hacia la congoja. Luego mantuvo su entereza habitual, que a veces desconcertaba a Matías y a sus hermanas, y siguió su conversación hacia las cosas de vivir los días, comés bien, conociste a alguna chica, dónde vas a vivir. Casi siempre era ella quien mantenía vivo el rescoldo de esas llamadas, ávida de noticias, de palabras, de la voz de su hijo, en los temas minúsculos, en absurdos. Pero esta vez buscó una excusa, una minúscula, con la que abreviar la conversación y, luego de obtener la promesa de que la volvería a llamar antes del fin de semana, se despidió. Matías se quedó sobre la cama donde había llamado, el teléfono caído a un lado, inmóvil por la pena de su madre. Ella cerró la puerta de su habitación y buscó un sobre con fotos antiguas, que solo revisaba de tanto en tanto, de antes de los hijos, del matrimonio, de cuando era ella sola. Las extendió sobre la cama y sonrió solo para abrir el recuerdo y el llanto, lento y controlado, largo. Durante varias horas se dejó sumergir en una tristeza líquida de tiempos idos y de imposibles. Lo hizo como una necesidad, se entregó a la voluntad de sus lágrimas, una vez más, y era también un homenaje. Y a la voluntad de la memoria, que rescató las imágenes más tiernas de su historia de dos. Se hizo la noche sin que notara el tiempo en ese navegar entregado. El consuelo menor era que a tantos años y a tantos kilómetros de distancia estaría su hijo para acompañar al amigo. Luego se durmió, soñó con horizontes de mar y con la voz de Mario en el rostro de Matías, y al despertar se acomodó el semblante y no volvió a hablar del tema.

Allá, acá, Matías se esforzaba en mantener la compostura y le ayudaba pensar en Paula. El servicio lo había contratado una especie de asociación con la que Mario a veces colaboraba, que alguna vez había mencionado.

Casi fueron puntuales. Habían entrado al cementerio por una puerta lateral, donde Matías había esperado empuñando el único paraguas que había podido conseguir, rojo y con una de las varillas rotas, que abría y cerraba de acuerdo a la indecisión de la lluvia. A partir de ahí, paso a paso, a veces fingidamente lento, por las calles empedradas.

No era numeroso el cortejo, aunque Mario llevara más de cuatro décadas en la ciudad. Es flaca la despedida del exiliado. Un grupo de tres hombres y una mujer aproximadamente coetáneos de Mario, con una insignia igual en el abrigo de un tulipán rojo y las letras AAE, intercambiaban frases esporádicas y asentimientos, y a veces sonreían a alguna ocurrencia; una pareja que se acercaba a los cuarenta y compartían el paraguas cuando llovía, pero se distanciaban entre sí un paso cuando no; dos mujeres en los cincuenta, que iban juntas y lloraban alternadamente junto al féretro, y Matías. Se mantenía tres pasos alejado del grupo, de manera que tenían que girar la cara para mirarlo, e intentar descifrar quién era. Matías devolvía las miradas con una sonrisa parecida, mezcla de amabilidad y tristeza, tan mesurada como verdadera.

Antes de despedirse, dos de los hombres de insignias dijeron un breve discurso improvisado cada uno, que Matías quiso entender de gratitud, mientras las dos mujeres seguían llorando, ahora a dúo. Luego las flores, cada uno dejó una sobre la madera, y Matías hizo lo propio, en último lugar. Un clavel rojo, la flor que amaba Paula por sobre las demás. Fue en ese momento que la mujer del grupo de la insignia se acerco a él y lo abrazó largamente, con tanto sentimiento que Matías sintió la emoción en la orilla de la garganta. Luego los tres hombres se acercaron y pusieron una mano en su hombro, algunos con un par de golpecitos afectivos y machotes, y sonrisas de labios apretados. Fue un instante apenas, pero se sintió parte de algo. Alguien le dijo algo en francés, que no entendió. Los otros tres miraron a la mujer, que tropezó su castellano.

-   Argentine, ¿verdad?

Matías asintió, curioso y algo sorprendido.

-   Mario habla siempre. ¿Era tu padre, verdad?

Más sorprendido aun, Matías amplió su asombro y sus ojos y negó con la cabeza primero antes de desdecirse de palabra, sin sorprenderse.

- Sí, soy Matías.

Uno de los hombres se dirigió a la mujer en un francés reprobatorio, y luego apoyó las dos manos en los hombros de Matías con fuerza de empatía, y le tendió una tarjeta de presentación con un teléfono.

- Llamar si necesitas algo, si podemos ayudarte.

Con gesto amable se despidieron y se alejaron, sin esperar a que la caja entrara en la sala de crematorios. Cuando llegaron a la puerta, la mujer se separo del grupo con una excusa y deshizo sus pasos hacia el muchacho. De la cartera sacó una pequeña bolsa de terciopelo y se la dio, con una sonrisa de complicidad, antes de volver a unirse a los otros.

- Dentro hay algo de Mario.

Matías esperó a salir del cementerio para abrirla. Se acercó hasta el ataúd y apoyó su mano en la madera como última despedida. Pensó en las visitas de ese hombre a su casa, y en el tiempo que pasaron juntos esas últimas semanas, y en que ya tenía derecho a sentirse definitivamente en unión con París, uno de los más fuertes: tenía en su suelo un muerto.

Cincuenta y cinco

Demoró solo un poco la salida, buscando escritores, pero se encontró con Nijinski, y luego con Truffaut. Cuando iba a conformarse decidió dar una vuelta más y se cruzó a Stendhal. Lo dio por bueno y busco la salida de la Avenida Rachel. Camino por la vereda arbolada con las manos en los bolsillos; en uno le urgía la curiosidad la bolsa y en el otro el vacío hacía imposible sentarse en un bar. Y lo rondaba la presencia del hambre.

El primer grupo de asientos lo tenían ocupado un trío de señoras en la sesentena, con el volumen de una mudanza quieta a su alrededor y maquilladas como en mejores tiempos. Camino unos metros hacia Pigalle y ocupó un banco gris del Boulevard Clichy, frente al teatro des Deux Anes.

Las cintas que cerraban la bolsa cedieron con facilidad a los dedos curiosos, que luego tantearon a ciegas dentro. Lo primero que sacaron fue una llave de cobre, con un hilo de lana celeste atado, demasiado pequeña para ser de una puerta, demasiado antigua para ser de una caja en un banco. La llave quedó sobre la palma cuando los dedos volvieron a introducirse en la bolsa, y sacaron un cuadrado de papel, algo más grueso que el promedio, plegado en dos. En letras mayúsculas, escritas con cuidado, decía:

TENGO UNOS ENCARGOS PARA VOS, MATIAS

Pero había algo más en la bolsa. El mayor y el índice de la misma mano que la sostenía sacaron con algo de dificultad una memoria USB, que a punto estuvo de caer al suelo. No tenía más inscripción que la marca, y las letras MB. Tres elementos que intuía conectados, pero que aparentemente no lo estaban. Matías observó sus manos llenas de preguntas y suspiró, mirando el cielo.

El cielo se le reveló nublado, con un color de agua en ciernes, y unos segundos después se confirmó el anuncio con la primera gota de lluvia en la exacta nariz de Matías elevada hacia el gris.

Guardó todo en la bolsa y la bolsa en su bolsillo, y caminó sin prisa –la lluvia en París es persistente y lenta- hacia la Place de Clichy, hacia el metro.

En lugar de anticipar los encargos que Mario había dejado para él, pensó en Ana. En contarle lo que había pasado, en pedirle ayuda. Durante todo el trayecto hasta Vincennes dibujó estrategias en el agua para acercarse de nuevo, para necesitarla. No prosperaron.

De nuevo en casa de Mario, por primera sin él, por primera vez la incertidumbre. Se sentó a la mesa de la cocina y dispersó el contenido de la bolsa, dejando unos centímetros de distancia entre los elementos. Una memoria, un cartón, una llave. Lo las fácil era la memoria. Volvió a levantarse para ir hasta el escritorio de madera, ponerla en el ordenador y ver qué había dentro. Por una vez tardó en encender, y Matías pensó que podía quedárselo, al fin y al cabo funcionaba bien y era de los buenos.

Mientras esperaba a que terminara de encenderse, miro el escritorio, luego los cajones y, por encima de la pantalla, por fin las puertas. Las dos puertas centrales que, lo comprobó, seguían cerradas. Pero. Tal vez. El metal es el mismo que el del mueble.

Corrió hasta la cocina y tomó la llave de encima de la mesa, y de paso el cartón, que era lo único que quedaba. Al regresar la pantalla le preguntaba qué quería hacer con el periférico, pero Matías apartó el ordenador y probó la llave que le había dejado Mario en la cerradura.

No esperaba encontrar nada en particular, tampoco lo que encontró. Detrás de una nota escrita a mano y firmada por Mario, que dejo para leer después, había una pila de dos palmos y un poco más de hojas A4, una carpeta de cartón color verde agua, una cartera de cuero y un libro forrado en cuero: Adán Buenosayres. A la izquierda, tres estantes pequeños que mostraban cada uno una postal, dos de Buenos Aires, una de Necochea, que Matías reconoció. Era una postal que había ido a despachar a la estafeta con Paula durante un veraneo en la playa, hacía muchos años. Las postales estaban pegadas cada una al estante superior con un trozo de cinta adhesiva, y por el tono amarillento del papel sospechó que también las había enviado Paula. Descubrió la letra de su madre detrás cuando las giró para comprobar, y descubrió también sendas pilas de papel de color, con la rigidez característica del dinero, primero una en cada estante, luego otras detrás de las primeras.

La templanza de la que se jactaba a veces se escapó de la habitación y del departamento, y un temblor incontrolable lo ganó. No era capaz de calcular cuánto dinero había, ni de decidir un método para contarlo. Simplemente quería salir de ahí, escapar de la habitación con el dinero, olvidarse de su vida hasta ese momento y comenzar una nueva, borrón y segunda oportunidad, años tranquilos por venir. Contárselo a Paula, pero no. Llamar a Lorena y explicarle que su vida había cambiado, tampoco era posible. Llamar a Ana, a mamá, pero estaba tan eufórico que le iba a parecer contento por la muerte de su amigo, no.

Se levantó y fue hasta la cocina; necesitaba hacer que pasara un cuarto de hora para retomar naturalmente la calma. En la cocina bebió un vaso de agua y luego otro, y de ahí fue a la habitación. Pero no había nada que hacer, solo anduvo como un león enjaulado por todo el departamento hasta que se le paso el primer sofoco, y volvió al estudio. Era cierto, sobre el escritorio, junto al ordenador había un montón de dinero como nunca había visto en su vida, ni esperaba hacerlo. Estaba ahí, con él. De él. Salvo que Mario hubiera dispuesto otra cosa, era suyo. Y si había dispuesto otra cosa, también.

Volvió sobre la nota que coronaba todo lo que había detrás de la llave. Pero no la leyó.

Era demasiado cambio para asumirlo solo. Miró el reloj y llamó a casa.

Cincuenta y seis

Después de hablar con Paula, Matías había recobrado la calma. Habían hablado de él, y de los planes de Matías, pero sobre todo de él. No había mencionado el dinero, no sabía bien por qué. No era intención de ocultarlo, ni malicia, ni estrategia. Su necesidad de paz había cambiado. Solo generalidades y volver a oír la voz que le daba una referencia de verdad. Se quedó mirando la calle a través del cristal de la ventana, como había terminado la conversación, un momento más, un coche más. El aire había empezado a cambiar, el cielo, los brotes en los árboles. Comenzaba a ser agradable mirar la calle a través del cristal de la ventana, mucho más desde la de la casa de Mario.

Regresó al estudio y volvió a sentarse al escritorio. El ordenador estaba encendido y, a pesar de que el dinero era lo que atraía su atención, acomodó el aparato y buscó en la memoria. Solo había un icono de un documento pdf, de título Mario Bertini, que se abrió en seis mil seiscientas setenta y tres páginas de texto bruto, arial once, doble espacio, precedido por un índice de títulos. En un vistazo rápido calculó unos treinta títulos, cada uno con su página correspondiente.

-   Serán sus novelas –pensó.

No lo sabría sino unas semanas después, pero el documento incluía siete novelas, entre ellas la que había publicado, una *nouvelle*, cuarenta y tres cuentos, un monólogo teatral, ochocientos ocho poemas de diferentes estilos, dos prólogos escritos para publicaciones de amigos, notas sobre costumbres de las ciudades de Chicago y Argel, seis críticas de novelas, un discurso de aceptación de un premio de la Asociación de Ácratas Estupefactos y un guión de un mediometraje. Todo lo que Mario había escrito y pensaba que merecía ser unido.

Un temblor de responsabilidad le recorrió la espalda. ¿Por qué le dejaba algo tan importante? Guardó una copia del documento en el ordenador de Mario, ahora suyo, y sacó el pendrive, para ponerlo a salvo en el primer cajón.

Quería leerlo, impulsado por una curiosidad afectiva, pero se le hacía demasiado grande, tendría que imprimirlo y comenzar poco a poco, buscar el ritmo. Delante suyo, la enorme pila de hojas guardadas detrás de las puertas que había abierto la llave correspondieron a su deseo. Una debajo de otra, las seis mil seiscientas setenta y tres hojas, impresas y numeradas, del trabajo de Mario. Se le hicieron una demasía, algo inabarcable como la ciudad. Tendría que hacerlas encuadernar en varios tomos antes de comenzar. Más adelante, en estos días.

No pudo esperar más y contó el dinero, después de precaverse de que las cortinas estuvieran corridas y la puerta cerrada. Una cifra desequilibrante, impensable, imposible. Diez minutos tardó en contarlo y otros diez en volver a hacerlo, incrédulo. Cualquier cosa que fue capaz de pensar era posible. Los límites se borraron de repente, o fueron entregados a la imaginación. Las incertidumbres se redujeron a la mínima expresión. Todo se presentaba de una manera diferente, sencillamente todo estaba al alcance. No casi todo, no lo verdaderamente importante no se consigue pagando, no solamente lo barato se compra con el dinero. No. Todo era jodidamente posible. ¿Para qué seguir? ¿Qué podía cambiar las cosas cuando acababa de tener trescientos ochenta y ocho mil setecientos euros?

Y sin embargo, siguió. Le quedaba la nota por leer. Y la cartera también tenía algo dentro. La abrió y encontró cartas, muchas, unidas entre sí por una banda elástica, sobres abiertos y sus cartas dentro, papel extremadamente delgado que tenían la dirección de su casa y la letra de mamá.

Pensó una vez más en Ana, cuando reconoció el miedo de encontrar algo que no deseaba, o que no era capaz de soportar a solas, escrito en esos papeles. Pensó en Ana una vez más y una vez más tuvo que renunciar. Quiso protegerse de su indefensión y se dispuso a asumir la peor de las posibilidades. Cuál sería. Que habían sido novios. Que habían sido amantes. Su madre, amante. Palabras incompatibles. No, eso no. No. Eso no.

Eso sí. Con discreción extrema pero con claridad, Paula le había escrito a Mario durante varios años cartas de promesas, de gratitud, de dolor y de esperanzas, y por las respuestas que daba, las de él no habían sido menos entregadas. Casi ninguna referencia a encuentros, todos en Buenos Aires, todos esperados y clandestinos, todos seguidos de ternuras escritas, de pedidos de más discreción, de más promesas. Afortunadamente, Matías volvió su atención a la hoja manuscrita que le había dejado Mario sobre todas las cosas del escritorio. En lugar de descubrir una carta después de la otra la historia de una mujer y un hombre que conocía, en lugar de saber que había sido él el motivo de la renuncia, de no asumir el riesgo supremo, en lugar de dar a su madre la forma de una mujer, se entregó a la lectura de la nota de Mario. Una larga nota, encabezada con una fórmula que la hacía ineludible.

Querido Matías,

Un arrebato de hambre lo distrajo de la tercera lectura, a la que había llegado asombrado y exhausto. Hacía casi una hora que el día había cambiado.

Cincuenta y siete

Tres lecturas había necesitado la noche anterior, y esa mañana una más, con el cerebro renacido y un café con leche. Había podido dormir poco, sueños inquietos lo desterraron a una mañana gris y de nuevo fría, a pesar de la primavera que coloreaba la méteo. La nota había cambiado las cosas.

Mientras repasaba el texto anotaba en otra hoja los detalles. Mario le había dejado algunos pedidos, finalmente, y si bien aun no había decidido si iba a destinar el dinero a lo que le pedía, ya no estaba seguro de quedárselo en silencio. Era demasiado lo que le dejaba, en algún rincón de su cerebro donde residía el sentido común, no le cuadraba.

De todas maneras, el pobre de Mario había puesto más confianza en Matías de la que él mismo era capaz. Lo menos difícil era cumplir con el deseo de que una parte fuera destinada a la edición de sus escritos, organizados por género, en una tirada de mil ejemplares, a través de una Fundación de la que daba detalles al final, y distribuir un ochenta por ciento entre escuelas y bibliotecas de América Latina, había una lista de las que él deseaba. Si él tenía el deseo a veces urgente de publicar sus once micro relatos, pensó Matías, un trabajo tan extenso estaba más que justificado. Le comenzó a gustar la responsabilidad de llevar adelante el encargo. Sin duda lo valoraba de más, pero a la vez que dudaba de si sería capaz, disfrutaba con la idea de ser quien editara sus textos. Se le revelaba como una tarea titánica y trascendente, que lo obligaría a hacer caminos que alguna vez lo atrajeron pero a los que nunca había osado acercarse. Un loco total, pensó Matías, solo un loco es capaz de ponerlo ante un reto así.

En la nota le pedía que trajera a Paula, y a sus hermanas, si deseaban venir, a pasar una temporada en París, él sabía que íntimamente ella siempre había deseado visitarlo y que por motivos menores, decía, se había privado. Desaparecidos los motivos, Mario quería ser su anfitrión, igualmente. Además, revelaba la nota y confirmaba la carpeta de tapas verde agua, había cambiado la escritura del departamento de Vincennes, y ahora estaba a nombre de Paula. "Esto le generará obligaciones, se disculpaba en la nota, pero hay un detalle de los impuestos y plazos que hay que pagar el próximo año con la escritura. Separá vos lo necesario"

"Algo muy importante —decía la nota- en la cartera de cuero están algunas de las cartas que nos escribimos con tu mamá, por favor, entrégasela sin abrirla, que la reciba como está. Es importante que sepa que se juntaron de nuevo acá en Europa, como dice ella. Además, no le escribo nada a ella, solo a vos, y tengo un pedido para ella, para el que va a hacer falta una buena parte del dinero. Decile que haga la biblioteca que planeamos en Huanguelen, o en Ojo de agua, o en donde ella piense que hace falta ahora, hay que armar una fundación o algo así, ella sabe de qué hablo, pedile que te cuente. La verdad es que perdí la evolución de aquel sueño nuestro, pero siempre lo guardé conmigo"

La nota era extensa, y en algunos pasajes, detallada. En el final Mario le había hecho un guiño para que utilizara un poco del dinero según su criterio, "tu corazón es limpio y te va a decir cómo proceder", y no se había privado de contarle a Matías el cariño que siempre había sentido por él, como había seguido su crecimiento, como se había transformado en un adulto a la vez que en una forma de sí mismo que no había logrado hacer. "Igual –decía- vos tenés que hacer lo que desees y vivir la vida que consigas, pero a mí siempre me dio una especie de orgullo saberte creciendo en nuestra tierra. Es algo que yo no pude hacer."

Al llegar al final, calculó el tiempo que hacía que había escrito la nota, preparado todo para despedirse. Pocas semanas, en realidad, pavorosamente pocas, y la voz de Mario vibraba en esas palabras escritas para realizar su deseo.

En Buenos Aires aun no había amanecido.

Cincuenta y ocho

Se arregló la pollera antes de entrar, y comprobó que las botas estuvieran limpias. Se había tomado la tarde para ella y se había arreglado para salir, sin decir donde iría. Era una ocasión de practicar el idioma sin los chicos, que la ponían nerviosa con cierta facilidad esa mañana, y comprobó con serena alegría que no lo tenía del todo oxidado. Le sirvió para moverse, y para distraer al vendedor de la florería, para que buscara un lazo violeta en la trastienda y llevarse sin pagar los tres claveles que llevaba en la mano. Una minucia, un robo casi inexistente, pero él entendería el gesto. Se arregló la pollera en el portón de la avenida Rachel y caminó con decisión por el empedrado gris, que reflejaba el cielo. Una brisa casi fría entre días agradables había ahuyentado buena parte de la gente, una mujer que se acercaba a la salida, una pareja en la rotonda con flores, otra señora con el carrito de las compras; era escasa en realidad, la compañía. Al entrar tenía que ir por la primera calle a la izquierda, pasar por debajo del puente y caminar unos ciento cincuenta metros, le había explicado Matías, no te va a costar encontrarlo. Y no le costó. Reconoció el nombre a lo lejos y sobrellevó el estremecimiento con dignidad de mujer que se guarda los dolores. Alguien había puesto unas flores ese mismo día. Se plantó delante del nombre que había escrito en tantos sobres y miró la fotografía.

- No saliste muy favorecido es esta, ¿quién te la eligió?

Lo dijo en voz alta y enseguida se dio cuenta y sintió una breve vergüenza; luego se rió, libre. Luego solo pensó, cómo se te ocurre morirte tan joven, che, me querés dar miedo, cuantos años sin venir a visitarme, qué poco caballero, che, y esa locura del departamento, cómo se te ocurre, cómo se te ocurre, siempre fuiste un delirante, siempre un tipo diferente, qué loco, che, ahora no sé qué voy a hacer con esto, le voy a tener que dedicar tiempo, es un lío, che, como se te ocurre, Elsita no pudo venir porque tenía facultad, Vicki se hoy se iba a Versailles, no sé qué puede ver en Versailles, pero, en fin, vos sabés como es ella, y Mati me adivina, y se dio cuenta de que hoy venía, al final te lo conquistaste, che, se la pasa hablando de vos, ya está averiguando cómo hacer para publicar tu obra, con eso lo mataste, y bueno, ya tenían afinidad ustedes desde que era chiquito, te acordás, cada vez que venías a Buenos Aires se te pegaba y no te soltaba, che, pegado todo el tiempo, y vos encantado, no te hagas el duro conmigo que nos conocemos, vos sabés si conoció alguna chica acá en París, a mi me parece que sí, pero bueno, ya sé, tendría que haber venido antes, que estabas mejor, ya sé, pero viste como son las cosas, no es tan fácil para una mujer, nada es tan fácil para nosotras, cargamos con toda la infraestructura, en realidad con la macroestructura, diría, y bueno, las cosas se fueron dando así, y al final vos fuiste el que se tomó el avión, pero bueno, aquello cambió mucho, no encontrarías nada de lo que dejaste, ahora es todo tensión y miedo, pero, en fin, al final te habrás sacado la duda ya, ¿no?, y ¿quién te trae estos floripondios, che? ¿Y esa foto que te pusieron, pobrecito? ¿Tan mal gusto tienen las francesas? No, si yo lo digo por estas flores, es demasiado espectáculo, ¿no?, yo te traje estos tres, como hacías vos, y son robados, ¿sabés? Como hacías vos, espero que entiendas, espero que te acuerdes, yo me acuerdo, cada día me acuerdo, uy, mirá, ya cae, si estuvieras de pie caminaríamos y no nos importaría, aunque ahora resfriarnos es toda una ingeniería, pero tal vez me invitarías un café en uno de esos bares con toldo tan hermosos de París, y conversaríamos un rato, ¿no?, tantas cosas hay por hablar, ¿no?, qué pajarón. ¿Cómo se te ocurre justo ahora? No, no, no me pongo mal, no, perdoname. No, es la lluvia, mirá, ¿ves como cae ya? Bueno, me voy, te dejo los claveles, que te gustan, me vuelvo antes de que se largue. No te lo voy a decir, che, vos ya sabés.

París, 12/7/2013 – 28/4/2014

Fernando Blasco

Nació en Buenos Aires, Argentina, en 1966. Vivió en Barcelona desde 1991 hasta 2012, actualmente vive en Paris. Es Periodista y Locutor formado en el ISER, de Buenos Aires. Ha trabajado como Profesor en la Universidad de Granada. ESPAÑA. Ha dirigido y presentado el programa El tren en Ràdio Ciutat de Badalona, entre 1994 y 2011; y el programa Late un corazón, 2012.
Obras literarias publicadas:

Los suicidas van al cielo (Novela) Piso 12, Buenos Aires
Padre Santiago (Novela) Piso 12, Buenos Aires
Al sur del cielo (Novela en blog)
Pasos (Poemas) Polisemia, Barcelona
Transatlánticos (Poemas, antología grupal), Consulado Argentino, Barcelona
Las demás estrellas (Novela) Polisemia, Barcelona, 2013

Obras estrenadas:

Hábitat (Teatro) CC San Martín, Buenos Aires. 2009
Carrer dels Enamorats (Teatro) Sala Cincómonos, Barcelona, 2012

- Premi de poesia Laureà Mela (Mataró) - Mención
- 6º premio de poesía "José María Valverde" - Accésit - (CC OO de Catalunya) Barcelona
- VII Festival de poesia de Girona. Publica tres poemas en Singulars d'un plural.
- V Certamen Intern. Contextos de Relato Breve. Segundo premio. Buenos Aires.

www.fernandoblasco.com

www.ingramcontent.com/pod-product-compliance
Lightning Source LLC
Chambersburg PA
CBHW051133020726
47501CB00005B/1479

* 9 7 8 8 4 6 1 7 0 3 7 1 5 *